教你讀
唐代傳奇　紀聞

劉瑛——著

導讀

《紀聞》十卷，《唐書・藝文志》列入「子部・小說類」，並註明「牛肅撰」。《宋志》同，但卻註「崔造注」三字。晁公武《郡齋讀書志》未著錄。陳振孫《直齋書錄解題》卷十一有列「《紀聞》一卷。」下注云：「集賢殿修撰李復圭審言撰。淑之子也。」顯然非牛肅之《紀聞》。

另：《廣記》卷二七一的〈牛肅女〉一條，下註「出紀聞」世界書局汪國垣編《唐人傳奇小說》一書，將本文歸入《紀聞》篇中，明人所編《五朝小說》，將此文標題為〈牛應貞傳〉，而撰人則列名「宋若昭」。《說薈》也將撰入書為宋若昭，不知何據！汪氏認為「明人編次唐稗，喜妄題撰人。」想必如此吧！

《廣記》中所引《紀聞》各篇，大都記述唐玄宗開元（西元七一三至七四一）至唐肅宗乾元（西元七五八至七五九年）間徵應及神怪異聞，但未註出撰人，惟一般學者都認此書為牛肅所撰，我們讀《紀聞》，雖若干篇章，如「牛應貞」、「吳保安」等，文詞斐然，頗足玩味。

〈吳保安〉一篇，宋史官宋祁且將之收入《唐書．忠義傳》中。清嘉慶年間修《全唐文》，又將〈吳保安〉一篇中郭仲翔與吳保安的往來信予以採入。但一般說起來，多篇只有故事，沒情節。和六朝的志怪極為接近，而不類傳奇。

至於《紀聞》的作者牛肅，我們翻遍新、舊《唐書》、《唐會要》、《唐才子傳》、《唐詩紀事》、《登科記考》、《郎官石柱題名》、和《僕尚丞郎表》，都沒有他的記載。《廣記》卷三六一，載「牛肅之弟成」，卷三六二，載：「牛肅在懷州」。卷四百〈牛氏僮〉曾稱他的曾祖父、大父，皆葬河內。卷四六三（張氏）系載：他的姨父李全璋，濮州刺史。夫人張氏，係牛肅的母親當姓張。卷三九載，其名曾任晉陽尉。這便是我們所能搜到有關他的個人資料。

至於《紀聞》全書篇章，我們從《太平廣記》中找到壹佰零伍篇，商務《舊小說》卷六《紀聞》部分四十篇。除去重複部分，只多出〈楊生〉與〈武德縣田叟〉等兩篇。實得一百零七篇。這一百零七篇是否便是《唐書》所載《紀聞》十卷的全貌，我們不敢說。但相信所去不遠。

唐代至今千餘年，古籍經過多次天災人禍，燬傷難免。我們努力搜尋舊書，編列成集，目的乃在保全古籍。幸得不計利潤的秀威資訊科技有限公司，毅然允予印行，實屬難能可貴！

依照本人所著《唐代傳奇研究》一書所論，所謂傳奇，大都包括敘事、詩文與議論三部份。牛肅的《紀聞》，除了〈吳保安〉、〈牛應貞〉等少數篇章外，大都只記怪事異物，跡近六朝的志怪，但著者頗具文才，敘事通暢，文彩斐然。所以，我們一篇也未刪簡，謹供讀者欣賞。

茲將所蒐集到的各篇依照廣記的先後卷數排列，錄存如次：編者並將每篇都予以分段，附加標點符號，並將較艱澀之字、句略加解釋。

序號	《廣記》篇名	卷次	商務《舊小說》「紀聞」
一	邢和璞	二十六	邢和璞
二	王賈	二十八	王賈
三	郗鑒	二十八	郗鑒
四	紫雲觀女道士	六十二	
五	王旻	七十二	
六	周賢者	七十三	周賢者
七	李淳風	七十六	
八	杜生	七	
九	法將	九十一	
十	徐敬業	九十一	徐敬業
十一	明達師	九十二	
十二	儀光禪師	九十四	
十三	洪昉禪師	九十五	洪昉禪師
十四	長樂村聖僧	一〇〇	
十五	屈突仲任	一〇〇	
十六	菩提寺	一〇〇	
十七	李思元	一〇〇	李思元
十八	僧齋之	一〇〇	
十九	張無是	一〇〇	張無是
二十	黃光瑞像	一〇一	
二十一	馬子雲	一〇一	
二十二	李虛	一〇四	李虛
二十三	牛騰	一一二	牛騰
二十四	襄陽老姥	一一五	
二十五	李之	一二一	
二十六	楊慎矜	一二一	
二十七	午橋民	一二七	
二十八	晉陽人妾	一二九	
二十九	當塗民	一三二	
三　十	王儦	一四三	
三十一	王儦（故事不同）	一四七	
三十二	斐伷先	一四七	
三十三	張去逸	一五〇	
三十四	吳保安	一六六	（見世界「唐人傳奇小說」）
三十五	蘇無名	一七一	蘇無名
三十六	購蘭亭序	二〇八	
三十七	馬待封	二二六	

序號	《廣記》篇名	卷次	商務《舊小說》「紀聞」
三十八	隋煬帝	二三六	
三十九	張長史	二四二	張長史
四　十	張守信	二四二	
四十一	李睍	二四二	李睍
四十二	張藏用	二四二	張藏用
四十三	李邕	二四三	李邕
四十四	牛肅女	二七一	
四十五	北山通者	二八五	北山通者
四十六	聖姑	二九三	
四十七	食羊人	三〇一	
四十八	韓光祚	三〇三	
四十九	宣州司戶	三〇三	
五　十	明崇儼	三二八	
五十一	巴峽人	三二八	
五十二	相州刺史	三二九	
五十三	僧韜光	三三〇	僧韜光
五十四	僧儀光	三三〇	
五十五	尼員智	三三〇	
五十六	洛陽鬼兵	三三一	
五十七	道德里書生	三三一	
五十八	楊溥	三三一	
五十九	薛直	三三一	薛直
六　十	茹子顏	三三二	茹子顏
六十一	李攸	三三三	李攸
六十二	刁緬	三三三	
六十三	王無有	三三三	王無有
六十四	王昇	三三三	
六十五	陳希烈	三三五	
六十六	牛成	三六一	
六十七	張翰	三六一	
六十八	南鄭縣尉	三六一	
六十九	長孫繹	三六二	
七　十	韋虛心	三六二	
七十一	斐鏡微	三六二	
七十二	李虞	三六二	
七十三	武德縣婦人	三六二	
七十四	懷州民	三六二	

序號	《廣記》篇名	卷次	商務《舊小說》「紀聞」
七十五	武德縣民	三六二	
七十六	張司馬	三六二	
七十七	竇不疑	三七一	竇不疑
七十八	李彊名妻	三八六	李彊名妻
七十九	趙冬曦	三九〇	
八　十	斐談	四〇〇	斐談
八十一	牛氏僮	四〇〇	
八十二	宇文進	四〇〇	
八十三	水珠	四〇〇	水珠
八十四	資州龍	四二二	
八十五	黿鼊虎	四二七	
八十六	牛	四三四	
八十七	張寓言	四四六	
八十八	沈東美	四四八	
八十九	葉法善	四四八	葉法善
九　十	鄭宏之	四四九	鄭宏之
九十一	田氏子	四五〇	田氏子
九十二	靳守員	四五〇	靳守員
九十三	袁嘉祥	四五一	袁嘉祥
九十四	宣州江	四五七	
九十五	杜暐	四五七	
九十六	元庭堅	四六〇	元庭堅
九十七	羅州	四六一	羅州
九十八	王軒	四六一	
九十九	張氏	四六三	
一　百	王旻之	四六六	
一百一	新羅	四八一	新羅
一百二	許誠言	四九四	
一百三	杜豐	四九四	
一百四	修武縣民	四九四	修武縣民
一百五	李元皛	四九四	李元皛
一百六			武德縣田叟
一百七			楊生

目次

一、邢和璞

邢先生名和璞，善方術，常攜竹算❶數計。算長六寸，到則布算為卦。縱橫布列，動用算數百，布之滿床。布數已，乃告家之休咎。言其人年命長短官祿，如神。

先生貌清羸，服氣，時餌少藥，人亦不祥所生。唐開元二十年至都❷，朝貴候之，其門如市。能增人算壽，又能活其死者。

先生嘗至白馬坂下，過友人，友人已死信宿。其母笑而求之。和璞乃出亡人寘於床，引其衾，解衣同寢。合閉戶。眠熟，良久起，具湯，而友人猶死。

和璞長歎曰：「大人與我約而妄！何也？」復合閉戶，又寢。俄而起曰：「活矣！」

母入視之，其子已蘇矣。

母問之。其子曰：「被錄❸在牢禁繫，栲訊正苦。忽聞外曰：『王喚其人。』官不肯。曰：『訊未畢，不使去。』少頃，又驚走至曰：『邢仙人自來喚人。』官吏出迎，再拜恐懼。遂令從仙人歸，故生。」

又有納少妾，妾善歌舞而暴死者，請和璞活之。和璞墨書一符，使置妾臥處。俄而言曰：「墨符無益！」又朱書一符，複命置于床。俄而又曰：「此山神取之，可令追之。」又書一大符焚之，俄而妾活。

（妾）言曰：「為一胡神領從者數百人拘去。閉宮門，作樂酣飲。忽有排戶者曰：『五道大使呼歌者。』神不應。頃又曰：『羅大王使召歌者。』方駭。仍曰：『且留少時』須臾，數百騎馳入宮中大呼曰：『天帝詔！何敢輒取歌人？』令曳神下，杖一百。仍放歌人歸。」於是遂生。

和璞此類事至多。後不知所適。

校志

一、本文據《太平庭記》卷二十六暨商務舊小說《紀聞》校錄。

二、括弧中字係編註者所加，以求文案之通順。

註釋

❶竹算——竹子所製用以計數的籌碼似的東西。

❷開元二十年至都——開元二十年、西元七三二年。都、長安。

❸被籙——被符咒禁制住。籙、符籙。

二、王賈

婺州參軍王賈，本太原人，移家覃懷，而先人之壟，在於臨汝❶。賈少而聰穎，未嘗有過。沉靜少言，年十四，忽謂諸兄曰：「不出三日，家中當恐。且有大喪。」居二日，宅中火。延燒堂室。祖母年老震驚，自投於牀而卒。兄以賈言聞諸父，諸父❷訊賈，賈曰：「卜筮而知。」

後又白諸父曰。「太行南泌河灣澳內有兩龍居之，欲識真龍，請同觀之。」

諸父怒曰：「小子好詭言駭物，當笞之！」

賈跪曰：「實有故，請觀之。」

諸父因與同行，賈請具雨衣，於是至泌。河淵深處。賈入水，以鞭畫之。水為之分，下有大石，二龍盤繞之。一白一黑，各長數丈。見人沖天，諸父大驚，良久瞻視。賈曰：「既見矣，將復還。」因以鞭揮之，水合如舊，則雲霧晝昏，雷電且至。賈曰：「諸父馳去。」因馳，未里餘，飛雨大注，方知非常人也。

賈年十七，詣京舉孝廉。既擢第，乃娶清河崔氏。後選授婺州參軍，還過東都❸。

賈母之表妹，死已經年，常於靈帳發言。處置家事。兒女僮妾，不敢為非。每索飲食衣服。有不應求，即加笞罵親戚咸怪之。賈曰：「此必妖異。」因造姨宅，唁姨諸子。

先是姨謂諸子曰，明日王家外甥來，必莫令進此小子大罪過人。賈既至門不得進。

賈令召老蒼頭謂曰：「宅內言者非汝主母，乃妖魅耳。汝但私語汝主，令引我入，當為除去之。」家人素病之，乃潛言於諸郎。諸郎亦悟，邀賈入。

賈拜弔已，因向靈言曰：「聞姨亡來大有神，言語如舊。今故謁姨，何不與賈言也？」不應。賈又邀之曰：「今故來謁姨，若不言，終不去矣。當止於此。」魅知不免。乃帳中言曰：「甥比佳乎？何期別後生死遂隔，汝不忘吾，猶能相訪，愧不可言。」因涕泣，言語皆姨平生聲也。諸子聞之號泣。姨令具饌，坐賈於前。命酒相對。慇懃不已，醉後，賈因請曰：「姨既神異，何不令賈見形？」姨曰：「幽明道殊，何要相見？」賈曰：「姨不能全出，請露半面，不然，呈一手一足，令賈見之，如不相示，亦終不去。」魅既被邀苦至。因見左手於几，宛然又姨之手也。諸子又號泣，賈因前執其手，姨驚呼諸子曰：「外甥無禮！何不舉手？」諸子未進，賈遂引其手，撲之於地，尚猶哀叫。撲之數四，即死，乃老狐也，形既見，裸體無毛，命火焚之，靈語遂絕。

賈至婺州以事到東陽❹，令有女病魅❺數年，醫不能愈，令邀賈到宅，置茗饌，而不敢有言。賈知之。謂令曰：「聞君有女病魅，當為去之。」因為桃符，令置所臥牀前，女見符泣，而罵，須臾眠熟，有大貍腰斬死於牀下。疾乃止。

時杜暹為婺州參軍，與賈同列，相得甚歡。與暹同部領使於洛陽。過錢塘江，登羅刹山。觀浙江潮謂暹曰：「大禹眞聖者，當理水時，所有金櫃玉符，以鎮川瀆。若此杭州城不鎮壓尋當陷矣。」暹曰：「何以知之。」賈曰：「此石下是，相與觀焉。」因令暹閉目執其手，令暹跳下。暹忽閉目。已至水底，其空處如堂，有大石櫃，高丈餘鏁之，賈手開其鏁，去其蓋引，暹手登之，因同入櫃中。又有金櫃，可高三尺，金鏁鏁之，賈曰：「玉符在中，然世人不合見。」暹觀之既已，又接其手，令騰出。暹距躍，則至岸矣。既與暹交熟，乃告暹曰：「君有宰相祿，當自保愛。」因示其拜官歷任，及於年壽。周細語之，暹後遷拜，一如其說。

既而至吳郡停船而女子夭死，生五年矣。母撫之哀慟，而賈不哭。暹素重賈，各見妻子，如一家。於是對其妻謂暹，曰：「吾第三天人也，有罪謫為世人，二十五年。今已滿矣。後日當行，此女亦非吾子也。所以早夭。妻崔氏亦非吾妻，即吉州別駕李乙妻也。緣時歲末到，乙來合嬰。」世人亦合有妻，故司命權以妻吾，吾今期近，妻即當過李氏，李氏三品祿，數任，生五子，世人不知，何為妄哭。」

妻久知其夫靈異，因輟哭請曰：「吾方年盛君何忍見舍？且暑月在途，零丁如此，請送至洛得送棲息。行路之人，猶合矜愍，況室家之好。而忽遺棄耶！」賈笑而不答。因令造棺器，納亡女其中，寘之船下。又囑暹以身後事。曰：「吾卒後，為素棺漆其縫，將至先塋，與女子皆祔於墓殮後即發，便至宋州。崔氏伯任宋州別駕，當留其姪，聽之。至冬初，李乙必克計入京，與崔氏伯相見，即伯之故人。因求婚，崔別駕以姪妻之。事已定矣。」暹然之。其妻日夜涕泣，請其少留，終不答。至日，沐浴，衣新衣，暮時，召暹相對，言談頃而臥，遂卒。暹哭之慟，為製朋友之服。如其言殮之。行及宋州，崔別駕果留其姪，暹至臨汝，乃厚葬賈及其女，其冬李乙至宋州，求壻其妻崔別駕以妻之。暹後作相，歷中外，皆如其語。

校志

一、本文據《太平廣記》卷三十二暨商務《舊小說》卷六《紀聞》校錄。

二、杜暹位至宰相，兩唐書都有傳。唐人撰小說多有以真人納入小說中者，加強所述故事的真實性。

註釋

❶起首五句——婺州、今浙江金華之地。參軍，州衙中的小官。王賈太原人，太原王氏，唐時五大姓之一。覃懷、今河南沁陽縣一帶之地，臨汝今河南臨汝縣、先人之壟、祖先的墳墓。

❷諸父——父輩。即伯、叔。

❸東都——今河南洛陽。唐都長安，在西、洛陽則在東。

❹東陽——今浙江東陽。

❺令有女病魅——東陽縣令的女兒有被鬼魅的病。

三、郗鑒❶

滎陽鄭曙，著作郎鄭虔之弟也❷。博學多能。好奇任俠。嘗因會客，言及人間奇事。曙曰：「諸公頗讀晉書乎？見大尉郗鑒事跡否？晉書雖言其人死，今則存。」

坐客驚曰：「願聞其說。」

曙曰：「某所善武威段數，為定襄令❸。數有子曰碧，少好清虛，慕道，不食酒肉。年十六，請於父曰：『願尋名山訪異人求道。』數許之，賜錢十萬，從其志。」

「段子天寶五載行過魏郡❹，舍於逆旅。逆旅有客焉，自駕一驢，市藥數十斤，皆養生辟穀之物也。而其藥有難求未備者，日日於市邸謁胡商覓之。碧視此客七十餘矣，雪眉霜鬢，而貌如桃花，亦不食穀，碧知是道者，大喜，伺其休暇，市珍果美膳，樂食醇醪薦之。

「客甚驚，謂碧曰：『吾山叟市藥來此，不願世人知，子何得覺吾而致此耶？』

「碧曰：『某雖幼齡，性好虛靜，見翁所為，必是道者，故願歡會。』

「客悅，為飲至夕，因同宿，數日事畢，將去。謂碧曰：『吾姓孟名期思，居在恆山，於行唐縣西北九十里❺。子欲知吾名氏如此。』

「𥓓又為祖餞，叩頭誠祈，願至山中，諮受道要。❻叟曰：『若然者，觀子志堅，可與居矣。然山中居甚苦，須忍饑寒故學道之人，多生退志，又山中有耆宿，當須啓白，子熟計之。』

「𥓓又固請。叟知其有志，乃謂之曰：「前至八月二十日，當赴行唐，可於西北行三十里，有一孤姥莊，莊內孤姥，甚是奇人，汝當謁之。因言行意，坐以須我。」❼

「𥓓再拜受約至期而往，果得此孤莊，老姥出問之，𥓓具以告姥：

「姥撫背言曰：『小子年幼若此，而能好道，美哉』，因納其囊裝於櫃中，坐𥓓於堂前閤內。姥家甚富，給𥓓所須甚厚。居二十日，而孟先生至。

「（孟）顧𥓓言曰：『本謂率語耳，寧期果來❽，然吾有事到恆州，汝且居此，數日當返。如言卻到。』又謂𥓓曰：『吾更啓白耆宿，當與君俱往，數日復來，令姥盡收掌𥓓資裝，而使𥓓持隨身衣衾往。

「𥓓於是從先生入。初行三十里，大艱險猶能踐履❾。又三十里即手捫藤葛，足履嵌巖，魂悚汗出如漿僅能至❿。其所居也，則東向南向盡崇山巨石，林木森翠，北面差平，即諸陵嶺，西面懸下層谿千仞而有良田山人頗種植其中，有瓦屋六間，前後數架在其北，諸先生居之。東廂有廚竈，飛泉簷間落地，以代汲井，其北戶內西二間，為一室，閉其門。東西間為二室，有先生六人居之，其室前廡下，有數架書，三二千卷。穀千石，藥物至多，醇酒常有數石。」

「智既謁諸先生，先生告曰：『夫居山異於人間，亦大辛苦，須忍饑餒，食藥餌，能甘此，乃可居，子能之乎？』

「智曰：『能』於是留止凡五日，孟先生曰：『今日劫謁老先生，於是啓西室，室中有石堂，堂北開直下臨眺川谷，而老先生據繩床北面而齋心焉，智敬謁拜老先生。

「先生良久開目謂孟叟曰：『是爾所言者耶？此兒佳矣，便與汝克弟子。』於是辭出。又閉戶。其庭前臨西淵，有松樹十株，皆長數仞，其下磐石，可坐百人。則於石中鐫局，諸先生休暇，常對棋而飲酒焉。智為侍者。睹先生棋，皆不工也。因教其形勢。諸先生曰：『汝亦曉基，可坐，』因與諸叟對，叟皆不敵。

「於是老先生命開戶出植杖臨崖而立，西望移時，，因顧謂叟可對棋。孟期思曰：『諸人皆不敵此小子。』老先生笑，因坐召智，與爾對之，既而先生棋少劣於智，又微笑。謂智曰：『欲習何藝乎？』智幼年，不戳求方術，而但言願且受周易老先生詔孟叟授之。老先生又歸室，閉其門。

「智習易踰年，而日曉占候布卦，言事若神，智在山四年，前後見老先生出戶，不過五六度。但於室內端坐繩床，正心禪觀，動則三百二百日不出。老先生常不多開目，貌有童顏，體至肥充，都不復食。每出禪時或飲少藥汁。亦不識其藥名，後老先生忽云，吾與南岳諸葛仙家為期，今到矣須去。」

「晝在山久，忽思家，因請還家省覲，即卻還。孟先生怒曰：『歸即歸矣，何卻還之有？』因白老先生，先生讓孟叟曰：『知此人不終，何與來也！』於是使歸。

「歸後一歲，又卻尋諸先生至則室屋如故門戶封閉遂無一人，下山問孤莊老姥，姥曰，諸先生不來尚一年矣，晝因悔恨殆死，晝在山間，常問孟叟老先生何姓名，叟取晉書郗鑒傳令讀之，謂曰，欲識老先生，即郗太尉也。」

校志

一、本文據商務《舊小說》第六集《紀聞》校錄，予以分段，並加註標與符號。

二、《太平廣記》卷二十八亦載此文，文後却註云：「出《記聞》」

註釋

❶郗鑒——晉人，官至太尉，晉史有傳。

❷滎陽鄭曙，著作郎鄭虔之弟也——唐代重士族，以崔、盧、李、鄭、王五姓七族為最。滎陽鄭氏即其一，鄭虔，鄭州人，玄宗愛其才，為置廣文館，虔為博士。故世稱鄭廣文。

❸武威段勮，為定襄令——定襄，今山西忻縣。令，縣長。

❹天寶五載過魏郡——天寶，唐玄宗年號，五載，西元七四六年，魏郡，今河南臨漳縣西南。

❺居在恆山，於行唐縣西北九十里——恆山行唐縣，俱在河北省，

❻願至山中，諮受道要——願到山中學道法。諮、問、求。受、學習。道要、道法的精要。

❼坐以須我——須我，等待我。

❽本謂率語耳，寧期果來——原以為是隨便說說的，如期到來。

❾猶能踐履——尚可以容納鞋子通過。

❿手捫藤葛四句——山路太險要手攀藤條腳踏山巖，驚魂動魄，汗出如漿僅能至。——才勉強通過。

四、紫雲觀女道士

唐開元二十四年春二月❶，駕在東京❷，以李適之❸為河南尹。

某日大風，有女冠❹乘風而至玉貞觀，集於鐘樓。人觀者如堵，以聞於尹。尹率略人也❺，怒其聚衆，袒而笞之❻。至十而乘風者既不哀祈，亦無傷損。顏色不變。

於是適之大駭，方禮請奏聞❼。勑召入內殿❽。訪其故，乃蒲州紫雲觀道士也。辟穀❾久，輕身，因風遂飛至此。玄宗大加敬畏。錫金帛❿送還蒲州。

數年後，又因大風，遂飛去不返。

校注

一、本文根據太平廣記第六十二卷校錄，予以分段，並加註標點符號。

二、「唐開元」。唐字係太平廣記編者所添加。

註釋

❶唐開元二十四年——開元、唐玄宗年號，共二十九年。二十四年當西元七三六年。

❷東京——即洛陽。

❸李適之——唐常山愍王之孫。史稱其「不歷丞、簿，便為別駕。不歷兩畿官，便為京兆尹，不歷御史及中丞，便為大夫，不歷兩省給舍，便為宰相，不歷刺史，便為節度使。丞為縣丞，簿為主簿，御史之上為御史中丞，中丞之上為御史大夫，兩省指中書省，門下省，給謂門下省給事中，舍是中書舍人。」

❹女冠——女道士。

❺率略人也——租率簡略之人也，率略，不夠穩重之意。

❻怒其聚眾，袒而笞之——因女冠引起眾人群聚圍觀而大怒，除去衣服鞭打，笞，音ㄔ。以小仗鞭打，（不問情由便鞭打人，當然是草率！）。

❼於是適之大駭，方禮請奏聞——府尹李之見女冠受鞭不哀請，打在身上毫髮無傷，才大驚，向皇上奏報。

❽勑召入內殿——天子之制策曰勑。

❾辟穀——不吃米飯，因而能使身體變輕，可隨風飄揚。

❿錫金帛——錫、賜。賞賜女冠金帛。

五、王旻

太和先生王旻，得道者也，常遊名山五岳。貌如三十餘人。其父亦道成。有姑亦得道，道高於父，旻常言❶：姑七百歲矣，有人知其姑者，常在衡嶽，或往來天台，羅浮❷。貌如童嬰。其行比陳夏姬❸，唯以房中術❹致不死，所在夫婿甚衆。

天寶初❺，有薦旻者，詔徵之，至則於內道場安置。學通內外，長於佛教。帝與貴妃楊氏，旦夕禮謁，拜於床下，訪以道術，旻隨事教之。然大約在於修身儉約，慈心為本，以帝不好釋典，旻每以釋教引之。廣陳報應，以開其志。帝亦雅信之。

旻雖長於服餌，而常飲酒不止。其飲必小爵，移晷乃盡一杯，而與人言談，隨機應對，亦神者也。人退皆得所未得，其服飾隨四時變改。或食鯽魚。每飯稻米，然不過多，至葷、韮、葷、腥之物，鹹酢非養生者，未嘗食也。好勸人服蘆菔根葉，云：「久食功多力甚，養生之物也。」人有傳世世見之，而貌皆如故，蓋及千歲矣，在京多年。

天寶六年，南岳道者李遐周，恐其戀京不出，乃宣言曰：「吾將為帝師。授以秘籍。」帝因令所在求之。

七年冬而遐因至，與旻相見。請曰：「王生戀世樂，不能出耶？可以行矣！」於是勸旻令出。

旻乃請於高密牢山合煉。玄宗許之。因改牢山為輔唐山。許旻居之。

旻嘗言：「張果天仙也，在人間三千年矣，姜撫地仙也。九十三矣。撫好殺生命，以折己壽，是仙家所忌。此人終不能白日昇天矣。」

校志

一、本文依據《太平廣記》卷七十二校錄。

註釋

❶旻常言——嘗言之意，曾經說過了。

❷衡嶽、天台、羅浮——衡嶽、衡山，在今湖南衡陽。天台在浙江省天台縣北。羅浮山、在廣東增城東。三山分處三地，而王旻之姑能隨時來去。足見道術高深。

❸陳夏姬——夏姬，鄭國女子，嫁陳大夫御叔為妻，貌美，陳靈公、孔寧，儀行父都和她通姦。她的兒子弒靈公，楚國滅陳，將夏姬給連尹襄老，襄老死，夏姬歸鄭，楚國的甲公巫臣娶了她，投奔晉國，總之，夏姬是一個人盡可夫的女人。

❹房中術——《漢書藝文志・方使略》載房中八家。書早佚。內容雖不詳，大抵皆言陰陽交合及種子之術，西漢之時，頗為盛行，

❺天寶初——天寶，唐玄宗年號，共十四年，自西元七四二至七五五年。

六、周賢者

唐則天朝，相國裴炎第四弟，為虢州司戶。虢州❶有周賢者，居深山，不詳其所自，與司戶善，謂曰：「公兄為相甚善，然不出三年，當身戮家破，宗族皆誅，可不懼乎！」

司戶具悉其行事，知非常人也，乃涕泣而請救。

周生曰：「事猶未萌有得脫理，急至都，以吾言告兄，求取黃金五十鎰，將來❷吾於弘農山中為作章醮可以移禍殃矣，司戶於是取急還都，謁兄河東侯炎。」

炎為人睦親，於友悌甚至。每兄弟自遠來，則同臥談笑，雖彌歷旬日不歸內寢焉。司戶夜中以周賢語告之，且求其金，炎不信鬼神，至於邪俗鎮厭，常呵怒之，聞弟言，大怒曰：「汝何不知大方，而隨俗幻惑，此愚輩何解，而欲以金與之，且世間巫覡，好託鬼神，取人財物，吾見之常切齒，今汝何故忽有此言？靜而思之，深令人恨！」

司戶泣曰：「周賢者識非俗幻，每見發言，未嘗不中，兄為宰相，家計溫足，何惜少金，不令轉災為祥也？」炎滋怒不應。司戶知兄志不可奪，惆悵辭歸弘農❸。

時河東侯初立則天為皇后，專朝擅權，自謂有泰山之安，故不信周言而卻怒恨。及歲餘，天皇崩，天后漸親朝政，忌害大臣，嫌隙屢搆。乃思周賢者語。即令人至弘農，召司戶至都。炎餽具黃金，令求賢者於弘農諸山中，盡不得，尋至南陽襄陽江陵山中，乃得之，告以兄言。賢者因與還弘農，謂司戶曰；「往年禍害未成，故可壇場致請，今災祥已搆，不久滅門，何求之有？且吾前月中至洛，見裴令被戮，繫其首於右足下。事已如此，且無免勢，君勿更言，且吾與司戶相知日久，不可令君與兄同禍，可求百兩金與君一房章醮請帝，可以得免。若言裴令，終無益也！」

司戶即市金與賢者，入弘農山中，設壇場奏章請命。法事畢，仍藏金於山中。謂司戶曰：「君一房免禍矣。然急去官，移家襄陽。」司戶即遷家襄陽，月餘而染風疾。十月而裴令下獄極刑。兄弟子姪皆從而司戶風疾在襄州，有司奏請誅之，天后曰：「既染風疾，死在旦夕，不須問此一房，特宜免死。」由是得免。

初河東侯遇害之夕，而犬咬其首曳焉。及明，守者求得之，因以髮繫其首於右足下。竟如初言。

校志

一、本文據《太平廣記》卷七十三暨商務《舊小說》卷六《紀聞》校錄，予以分段，並加註標點符號。

註釋

❶虢州——在今陝西。司戶，有如今日縣政府的科長。

❷求取黃金五十鎰，將來——求取五十鎰金拿來。鎰，二十四兩。

❸弘農——河南洛陽附近。

七、李淳風

唐太史❶李淳風，校新曆，太陽合朔，當蝕既，於占不吉。❷太宗不悅曰：「日或不蝕，卿將何以自處？」曰：「如有不蝕，臣請死之。」及期，帝候於庭。謂淳風曰；「吾放汝與妻子別之。」對曰：「尚早。」刻日指影於壁。「至此則蝕。」如言而蝕，不差毫髮。❸太史與張率❹同侍帝，更有暴風自南至。李以為南五里當有哭者。張以為有音樂。左右馳馬觀之，則遇送葬者，有鼓吹。

又嘗奏曰：「北斗七星當化為人，明日至西市飲酒，宜令候取。」太宗從之。乃使人注候。有婆羅門僧❺七人，入自金光門，至西市酒肆。登樓，命取酒一石，持椀飲之。須臾酒盡，復添一石，使者登樓，宣敕曰：「今請師等至宮。」胡僧相顧而笑曰：「必李淳風小兒言我也。」

因謂曰：「待窮此酒，與子偕行。」飲畢下樓。使者先下，回顧已失胡僧。因奏聞，太宗異焉。初僧飲酒，未入其直。及收具，於座下得錢二千。

校志

一、本文據《太平廣記》卷七十六校錄，予以分段，並加註標點符號。

二、「唐」太宗，「唐」字係廣記編者後加上者。

註釋

❶太史——官名，三代已有之。為史官之任，兼掌皇曆，魏，晉之後，修史以他官任之，太史惟知占候。隋置太史監，屬秘書省，唐改監為局，乾元初改為司天臺，明、清為欽天監。主管星象曆書占卜之事。

❷太陽合朔，當蝕既，於占不吉——合朔，日月相會，遂成日蝕，食暨、似有日全蝕之意。占候不吉。按。古時認日，月蝕都係不吉之象。

❸淳風對曰一段——時有日晷，用日影來測定時間，李淳風對太宗說：「現在時間還沒到。」因在壁上畫出

日影將到之處，說：「日影到這裏，便會開始日蝕。

❹張率——不知何人。率，可能是率更令之簡稱。

❺婆羅門僧——印度僧人。婆羅門、印度之別稱。

八、杜生

唐先天中❶，許州杜生喜卜筮❷，言走失官祿，皆驗如神❸，有亡奴者，造杜問之。（「喜」商務本作「喜」。）（杜）生曰：「汝但尋驛路歸。道逢驛使❹有好鞭者，叩頭乞之。彼若不與，以情告云：『杜生告乞』，如是必得。」

如其言，果遇驛使，以杜生語告乞鞭。其使異之曰：「鞭吾不惜，然無以撾馬。汝可道左折一枝見代。予與汝鞭。」遂往折之。乃見亡奴伏於樹下。擒之。問其故。奴曰：「適循道走，遙見郎，故潛於斯。」

復有亡奴者見杜生。生曰：「歸取五百錢，於官道候之，見進鷂子❺使過，求買其一，必得奴矣。」如言候之。俄有鷂子使至，告以情，求市其一，使者異之，以副鷂子與焉，將至手，鷂忽飛集於灌莽❻，乃往取。奴果伏在其下。遂執之。

（生）言人祿位中者至多，茲不縷述。

校志

一、本文據《太平廣記》卷七十七與商務《舊小說、紀聞》校錄，予以分段，並加註標點符號。

二、括弧中字係編者添加，以求語氣通順。

註釋

❶唐先天中——「唐」字係後人添加。先天、玄宗年號。只一年，為西元七一二年。

❷許州杜生善卜筮——許州，今之許昌縣。屬河南省。卜筮、占卦、卜算。

❸言走失官祿，皆驗如神——占卜奴隸逃跑，作官升遷等事，百發百中，甚為靈驗。按：唐代有買賣奴婢之風，如「崑崙奴」一文，即係述說奴隸之事。

❹驛使——傳達官文書之人。

❺鷂子——俗稱鷂為鷂子，乃屬鳥綱鷙鷹目之鳥，能捕小鳥老鼠等為食。獵人或養以獵鳥。有如飼鷹捕兔。

❻灌莽——矮樹叢。草木深厚的地方叫莽。

九、法將

長安有講涅盤經❶僧曰法將；聰明多識，聲名藉甚。所在日講，僧徒歸之若市。法將曾到襄陽❷。襄陽有客僧，不持僧法。飲酒食肉，體貌至肥，所與交，不擇人。僧徒鄙之。見法將至，衆僧迎而重之，居處精華，盡心接待，客僧忽持斗酒及一蒸㹠❸來造法將。洽將方與道俗正開義理，共志心聽之。

客僧遥持酒殺，謂法將曰：「講說勞苦，且止說經，與我共此酒肉。」法將驚懼，但為推讓。客僧因坐戶下，以手擘㹠裏而餐之，舉酒滿引而飲之。斯須，酒肉皆盡，因登其床且寢，既餐，講經僧方誦涅盤經，醉僧起曰：「善哉妙誦，然我亦嘗誦之。」因取少草，布西牆下，露坐其中。因講涅盤經，言詞明白，落落可聽。講僧因輟聽之，每至義理深微，常不能解處，聞醉僧誦過經，心自開解，比天方曙，遂終涅盤經四十卷，法將生平所疑，一朝散釋都盡。

法將方慶稀有，布座禮之❹比及舉頭，醉僧已滅，諸處尋訪，不知所之。

校志

一、本文據《太平廣記》卷九十四校錄，予以分段，並加註標點符號。

二、最後一段「法將方慶希有」，別本作「稀有」，似以「稀有」為是。

註釋

❶涅盤經——有大乘、小乘二部，小乘部說八相成道化身之釋迦，於拘戶那城入涅盤前之狀況。大乘部說佛雖現入滅之相，而佛身常住不滅。涅盤、梵語涅盤那之略，義譯為圓寂。俗謂死亡。

❷襄陽——今湖北省襄陽縣。

❸蒸㹠——同豚。蒸豬肉。

❹布座禮之——法將因僧坐草上，因而搬好坐具——如椅子等請僧坐。

十、徐敬業❶

唐則天朝❷，涂敬業楊州作亂，則天討之，（涂）軍敗而遁。敬業先養一人，貌類於己，而寵遇之。及敬業敗，擒得所養者，斬其元❸以為敬業。而敬業實隱大孤山❹，與同伴數十人結廬不通人事。乃削髮為僧。其侶亦多削髮。

天寶初❺，有老僧法名住括，年九十餘，與弟子至南嶽衡山寺❻訪諸僧而居之。月餘，忽集諸僧徒，懺悔殺人罪咎，僧徒異之，老僧曰：「汝頗聞有涂敬業乎？則吾身也。吾兵敗，入於大孤山，精勤修道。今命將終，故來此寺。令世人知吾已證第四果矣。」因自言死期，果如期而卒。遂葬於衡山。

校志

一、本文據《太平廣記》卷十一與商務《舊小說·紀聞》校錄，予以分段，並加註標點符號。

二、「唐」則天朝，「唐」字係廣記編者後加。

三、括弧中字編者所加，以使文氣通順。

註釋

❶徐敬業——唐開國功臣徐世勣之孫。襲祖爵為英公，武后朝徐敬業因事由眉州刺史貶為柳州司馬。因怨重而起兵造反。

❷唐則天朝——西元六四四年高宗李治崩，太子李順立為中宗皇帝，太后武則天廢順而立李旦為睿宗，卻不讓他過問政事，一切政事由則天決斷，敬業以討「偽臨朝武氏」為由而謀反。

❸斬其元——即斬首。

❹大孤山——大孤山在江西九江東南。

❺天寶——天寶，玄宗年號，共十四年。自西元七四二至七五五年。

❻南嶽衡山——衡山，在今湖南。俗稱南嶽。為五嶽之一。

十一、明達師

明達師者，不知其所自，於閿鄉縣❶住萬迴故寺。往來過客皆謁明達以問休咎。明達不答，但見其旨趣而已。

曾有人謁明達，問曰：「欲至京謁親，親安乎？」明達授以竹杖。至京而親亡。

又有謁達者，達取寺家馬令乘之，使南北馳驟而去。其人至京，授採訪判官，乘驛無所不至。

又有謁達者，達以所持杖畫地為堆阜，以仗撞築地為坑。其人不曉。至京，背發腫。割之，血流殆死。

李林甫為黃門侍郎，扈從西還，謁達，（達）加秤於其肩。至京而作相。

李維門為湖城令，達忽請其小馬，維門不與。間一日，乘馬將出，馬忽庭中人立。維門墜馬死。如此頗衆。

達又常堂寺門北望。言曰：「北川中兵馬何多？」又長嘆曰：「此中觸處總是軍隊。」及後哥舒翰擁兵潼關，拒逆胡，關下閿鄉盡為戰場矣。

校志

一、本文據《太平廣記》卷九十二暨商務《舊小說》卷八《紀聞》校錄。

註釋

❶閿鄉——今河南閿鄉縣。閿，音ㄨㄣˊ。

十二、儀光禪師

長安青龍寺儀光禪師，本唐室之族也，父瑯琊王，與越王起兵伐天后，不克而死，天后誅其族無遺。帷禪師方在襁褓，乳母抱而逃之❶其後數歲，天后聞瑯琊王有子在人間，購之愈急，乳母將至岐州界中，鬻女工以自給，時禪師年已八歲矣，聰慧出類，狀貌不凡，乳母恐以貌而取敗，大憂之，乃求錢為造衣服，又置錢二百於腰下，於桑野中，具告以其本末，泣而謂曰；「吾養汝已八年矣，亡命無所不至，今汝已長，天后之敕訪不止❷，恐事洩之後，汝與吾俱死，今汝聰穎過人，可以自立，吾亦從此逝矣。」乳母因與流涕而訣。禪師亦號慟不自勝，方知其所出。

乳母既去，師莫知其所之。乃行至逆旅，與諸兒戲。有郡守夫人者，之夫任處❸方息於逆旅，見禪師與諸兒戲，狀貌異於人，因憐之，召而謂曰：「郎家何在，而獨行在在此耶？」

師僞答曰：「莊臨於此有時而戲。」夫人食之又賜錢五百。師雖幼而有識，恐人取其錢乃盡解衣，置之於腰下，時日已晚乃尋小逕，將投村山野，遇一老僧，獨行而呼師曰：「小子，汝今一身，家已破滅，將何所適？」禪師驚愕佇立。

老僧又曰：「出家閒曠，且無憂畏，小子汝欲之乎？」師曰：「是所願也。」老僧因攜其手至桑陰下令禮十方諸佛已，因削其髮，又解衣裝，出袈裟，令服之，大小稱其體，因教其披著之法，既披法服，執持收掩。如舊僧焉。老僧喜曰，此習性使之然，其僧將行，因指東北曰：「去此數里有伽藍，汝直詣彼謁寺主。云我使爾為其弟子也。」言畢，老僧已亡矣，方知是聖像也。

師如言趣寺，寺主駭其所以，因留之。向十年，禪師已洞曉經律，定於禪寂。遇唐室中興，求瑯琊王後，師方謂寺僧言之。

寺僧大駭。因出詣岐州李使君，師從父也。見之悲喜，因舍之於家，欲以狀聞。師固請不可。使君有女，年與禪師侔。見禪師悅之。願致款曲。師不許，月餘，會使君夫人出女盛服多將使者來逼之，師固拒萬端，終不肯。

師紿曰：「身不潔淨，沐浴待命。」女許諾。方令沐湯。師候女出，因之噤門。女還排戶不果入，自牖窺之師方持削髮刀，顧而言曰：「以有此根故為慾逼。今既除此，何逼之為？」女懼止之不可，遂斷其根，棄於地，而師亦氣絕。

戶既閉不可開，女惶惑不知所出。俄而府君夫人到，女言其情，使君令破戶，師已復蘇，命良醫至以火燒地既赤，苦酒沃之，坐師於燃地，傳以膏，數月疾愈。使君奏禪師是瑯琊五子，有敕命驛置至京，引見慰問，賞賜優給，復以為王。

禪師曰：「父母非命，鄙身殘毀。今還俗為王，不願也。」中宗降敕令禪師廣領徒衆，尋山罽蘭若❹，恣聽之。禪師性好終南山，因居於興法寺。又於諸谷口造禪菴蘭若，凡數處，或入山數十里，從者僧俗常數千人，迎候瞻侍，甚於卿相。

禪師既證道果，常先言將來事，是以人益歸之。開元二十三年六月二十三日❺。無疾而終。先告弟子以修身護戒之事。言甚切至，因臥，頭指北方，足指南方，以手承頭，右脅在下，遂亡，遺命葬於少陵原之南面，鑿原為室而封之，柩將發，異香芬馥，狀貌一如生焉，車出城門，忽有白鶴數百，鳴舞於空中，五色彩雲，徘徊覆車，而行數十里，所封之處，遂建天寶寺，弟子輩留而守之。

校志

一、本文據《太平廣記》卷九十四暨商務《舊小說》卷六《紀聞》校錄。

註釋

❶禪師方在襁褓，乳母抱而逃之——其時，儀光禪師還在襁褓之中，奶媽乃抱他逃走。襁、背負嬰兒在背的布帶。褓、包護嬰兒的衣服、方在襁褓，即正當嬰兒之歲。

❷天后之敕訪不止——敕、皇帝下令。訪、訪求，敕訪，有如今日的「通緝」。

❸郡守夫人者，之夫任處——之、在此是「赴」的意思。有一位郡守夫人，赴丈夫任官之處。

❹蘭若—梵語「阿蘭若」之略，意謂僧人所居。

❺開元二十三年六月二十三日——開元，玄宗年號，當西元七三五年，武后西元六八四稱皇帝，至西元七三五，才五十一歲，儀光禪師難道真這麼一點歲數就死了？似乎有點疑問。

十三、洪昉禪師

陝州洪昉，本京兆人❶，幼而出家，遂證道果，志在禪寂❷，而亦以講經為事，門人常數百，一日昉夜初獨坐，有四人來前曰：「鬼王今為小女疾止造齋請師臨赴。」

昉曰：「吾人汝鬼，何以能至？」

四人曰：「闍梨❸但行，弟子能致之。」昉從之，四人乘馬，人持細床一足，遂北行可數百里，至一山，山腹有小朱門，四人請昉閉目，未食頃，人曰：「開之，」已到王庭矣，其宮闕室屋，崇峻非常，侍衛嚴飾，頗侔人主❹，鬼王具衣冠，降階迎禮。

王曰：「小女久疾，今幸而痊。欲造小福，修一齋，是以請師臨顧。齋畢自當侍送無慮。」於是請入宮中。其齋場嚴飾華麗，僧且萬人，佛像至多，一如人間事，昉仰視空中，不見白日，如人間重陰狀，須臾，王夫人後宮數百人，皆出禮謁，王女年十四五，貌獨病色，昉為贊禮願畢，見諸人持千餘牙盤，食到，以次布於僧前，坐昉於大床，別置名饌，饌甚香潔，昉且欲食之，鬼王白曰：「師若常住此，當食鬼食，不敢留師，請不食。」昉懼而止，齋畢，餘食猶數百盤，昉見侍衛臣吏向千人，皆有欲食之色，昉請王賜之餘食，王曰：「促持去賜之。」諸官拜謝，相顧喜笑，口開達於兩耳。

王因跪曰：「師既惠顧，無他供養，有絹五百疋奉師，請為受八關齋戒。」❺

師曰：「鬼絹紙也，吾不用之。」

王曰：「自有人絹奉師」：因為受八關齋戒，戒畢，王又令前四人者依前送之，昉忽開目，已到所居，天猶未曙，門人但為入禪，不覺所適，昉忽開目，命火照床前，五百絹在焉。

弟子問之，乃言其故，昉既禪行素高，聲價日盛。頃到鬼所，但神注耳，其形不動。

未幾晨坐，有一天人，其質殊麗，拜謁曰：「南天王提頭賴吒，請師至天供養」昉許之，因敷天衣坐昉，二人執衣，舉而騰空，斯須已到，南天王領侍從曲躬禮拜曰：「師道行高遠，諸天願睹師講誦，是以輒請師。」因置高座坐昉，其道場崇麗，殆非人間，過百千倍，天人皆長大，身有光明。其殿堂樹木皆是七寶，盡有光彩，奪人目睛，昉初到天形質猶人也，見大王之後，身自長大，與天人等。設諸珍饌，皆自然味，甘美非常，食畢，王因請入宮，更設供具，談話款至，其侍衛天官，兼鬼神甚衆。後忽言曰：「弟子欲至三十三天議事，請師且少留。」又戒左右曰：「師欲游觀所在，聽之。但莫使到後園。」再三言而去，去後昉念曰：「後園有何利而不欲吾到之？」伺無人之際，竊至後園。其園甚大，泉流池沼樹林花藥，處處皆有，非人間所見。漸漸深入，遙聞大聲呼叫，不可忍聽，遂到其旁，見大銅柱，逕數百尺，高千丈，柱有穿孔，左右傍達或有銀鐺鏁其項或穿，其胸骨者至有數萬頭皆夜叉也鋸牙鉤爪，身倍於天人，見禪師至，叩頭言曰：「我以食人故，為天王所鏁，今乞免我，我若得脫，但人間求他食，必不敢食人為害。」為飢渴所逼，發此言時，口中火出，問其鏁早晚，或云，毗婆師尸，佛出世時，動則數千萬年，亦有三五輩老者，志誠懇惻，許解其縛而遽還。

斯須王至，先問師頗遊後園乎？左右曰：「否」。王乃喜。會坐定，昉曰：「適到後園，見鏁衆生數萬，彼何過乎？」王曰：「師果遊後園，然小慈是大慈之賊，師不須問。」昉又固問，王曰：「此諸惡鬼，常害於人，唯食人肉，非諸天防護世人已為此鬼食盡，此皆大惡鬼，不可以禮待，故鏁之。」

昉曰：「適見三五輩老者，發言頗誠，言但於人間求他食請免之。若此曹不食人，餘者亦不可捨也。」

王曰：「此鬼言不可信。」昉固請，王目左右，命解老者三五人來。俄而解至。叩頭言曰：「蒙恩釋放，年已老矣，今得去，必不敢擾人。」王曰：「以禪師故，放汝到人間，若更食人，此度重來，當令若死。」皆曰「不敢。」於是釋去。

未久。忽見王庭前有神至自稱山嶽川瀆之神，被甲而金色，奔波而言曰：「不知何處，忽有四五夜叉到人間，殺人食甚衆，不可制，故白之。」王謂昉曰：「弟子言何如，適語師小慈是大慈之賊，此等惡鬼，言寧可信？」王語諸神曰：「促擒之。」俄而諸神執夜叉到，王怒「何違吾所請。」命斬其手足，以鐵鏁貫腦，曳去而鏁之。

昉乃請還。又令前二人送至寺，寺已失昉二十七日矣，而在天猶如少頃。昉於陝城中選空曠地，造寵光寺，又建病坊，常養病者數百人，寺極崇麗，遠近道俗，歸者如雲，則為釋提柏國所請矣。

昉晨方漱，有夜叉至其前，左肩頭負五色毯，而言曰：「釋迦天王請師講大涅槃經。」昉默然還座。夜叉遂挈繩床置於左膊曰：「請師合目，因舉其左手，而伸其右足，曰：「請師開目。」視之，憶到善法堂，禪師既到天堂，天光眩目開不能得，天帝曰：「師念彌勒佛。」昉遽念之，於是目開不眩，而人身卑小，仰視天形，不見其際。天帝又曰：「禪師又念彌勒佛，身形當大」。如言念之，三念而身三長，遂與天等，天帝與諸天禮敬言曰：「弟子聞師善講大涅槃經，為日久矣，今諸天欽仰，敬設道場，固請大師講經聽受。」

昉曰：「此事誠不為勞，然坊之中，病者數百待昉為命。常行乞以給之。今若流連講經，人間動涉年月，恐病人餒死。今也固辭。」天帝曰：「道場已成，斯願已久，固請大師勿為辭也。」昉不可，忽空中有大天人，身又數倍於釋，天帝敬起迎之，大天人言曰：「大梵天王有敕」，天帝撫然曰：「本欲留師講經，今梵天有敕，不許，然師已至，豈不能暫開經卷，少講經旨，令天人信受？」昉許之。於是置食，食器皆七寶，飲食香美，精妙倍常，禪師食已，身諸毛孔，皆出異光，毛孔之中，盡能觀見諸物，方悟天身騰妙也，既登高座，敷以天衣，昉遂登座，其善法堂中，諸天數百千萬，兼四天王各領徒衆，同會聽法，階下左右，則有龍王夜叉諸鬼神非人等，皆合掌而聽。昉因開涅槃經首，講一紙餘，言辭典暢，備宣宗旨，天帝大稱贊功德，開經畢，又令前夜叉送至本寺，弟子失昉，已二十七日矣。

按佛經善法堂，在歡喜園，天帝都會天王之正殿也，其堂七寶所作，四壁皆白銀，階下泉池交注流渠暎帶，其果木皆與樹行相直，寶樹花果，亦皆奇異，所有物類，皆非世人所識，昉略言其梗概，階下寶樹，行必相直，每相表裏，必有一泉貫綠枝間，自葉流下，水如乳色，味佳於乳，下注樹根，灑入渠中，諸天人飲樹本中泉，其溜下者，衆鳥同飲，以黃金為地，地生軟草，其軟如綿，夫人足履之，沒至足，舉後，其地自平，其鳥數百千色，名無定相，入七寶林，即同其樹色，其天中物，皆自然化生，若念食時，七寶器盛食即至，若念衣時，寶衣亦至，無日月光，一天人身光，踰於日月，須至遠處，飛空而行，如念即到，昉既睹其異，備言其見，乃請畫圖為屛風，凡二十四扇，觀者驚駭。

昉初到寺，毛孔之中盡能見物，既而弟子進食，食訖，毛孔皆閉如初。乃知人食天食精粗之分如此。昉既盡出天中之相，人以為嬌，時則天在位，為人告之，則天命取其屛，兼徵昉，昉既至，則天問之而不罪也，留昉宮中，則天手自造食，大申供養，留數月，則天謂昉曰：「禪師遂無一言教弟子乎？」昉不得已，言曰：「貧道唯願陛下無多殺戮，大損果報，其言唯此。」則天信受之，因賜墨敕，昉所行之處，修建功德，無得遏止，昉年過下壽，如入禪定，遂卒於陝中焉。

校志

一、本文據《太平廣記》卷十五暨商務《舊小說》卷六《紀聞》校錄。

註釋

❶陝州洪昉，本京兆人——陝州，今河南陝縣。京北，今陝西省長安左近。

❷志在禪寂——禪寂、佛家語。意為寂靜思慮。

❸闍梨——梵語，意為「高僧可為僧眾執範者」。

❹頗侔人主——侔、齊等也。很類皇帝。人主，君王。

❺八關齋——與八戒齋同。關者，禁也。佛家語。八戒為戒殺、戒滛、戒偷盜、戒妄語、戒酒、戒飾香歌舞、戒坐高廣大床，戒非時進食。

十四、長樂村聖僧

開元二十二年，京城東長樂村有人家，素信佛教，常給僧食。忽於途中得一僧坐具。既無所歸，至家則寶之，後因設齋，以為聖僧座，齋畢眾散。

忽有一僧叩門請餐，主人曰：「師何由知弟子造齋而來此耶？」僧曰：「適到滻水，見一老師坐水濱，洗一座具。口仍怒曰：『請我過齋，施錢半於眾僧。汙我坐具。苦老身自浣之！』吾前禮謁，老僧不止，因問之曰：『老闍黎何處齋來？何為自瀚？』僧具言其由。兼示其家所在，故吾此來。」

主人大驚，延僧進戶。先是聖僧座，座上有糞汁翻汙處。主人乃告僧曰：「吾家貧，卒辦此齋，施錢少，故眾齋皆三十，佛興聖僧各半之。不意聖僧親臨，而又汙其座具！愚戇盲冥，心既差別，又不謹慎於進退。皆是吾之過也。」

校志

一、此文據《太平廣記》卷一百校錄。

二、本文既短，而且條理欠分明，疑有遺漏！

十五、屈突仲任

同官令❶虞咸頗知名。開元二十三年春往溫縣。道左有小草堂。有人居其中。刺臂血和朱用寫一切經❷。其人年且六十。色黃而羸瘠。而書經已數百卷。人有訪者。必丐焉。或問其所從。亦有助焉。其人曰：「吾姓屈突氏。名仲任。即仲將、季將兄弟也。父亦典郡。莊在溫。唯有仲任一子。憐念其少。恣其所為。性不好書。唯以樗蒲弋獵為事。父卒時。家僮數十人。資數百萬。莊第甚衆，而仲任縱賞好色。荒飲博戲。賣易且盡。數年後。唯溫縣莊存焉。即貨易田疇。拆賣屋宇。又已盡矣。唯莊內一堂巋然。僕妾皆盡。家貧無計。乃於堂內掘地埋數甕。貯牛馬等肉。

「仲任多力。有僮名莫賀咄。亦力敵十夫。每昏後。與僮行盜牛馬。盜處必五十里外。遇牛即執其兩角。翻負於背。遇馬驢皆繩蓄其頸。亦翻負之。至家投於地。皆死。乃皮剝之。皮骨納之堂後大坑。或焚之。肉則貯地甕。晝日。令僮於城市貨之。易米而食。如此者又十餘年。以其盜處遠。故無人疑者。

「仲任性好殺。所居弓箭羅網叉彈滿屋焉。殺害飛走。不可勝數。目之所見。無得全者。乃至得刺蝟。亦以泥裹而燒之。且熟。除去其泥。而蝟皮與刺。皆隨泥而脫矣。則取肉而食之。其所殘酷。皆此類也。後莫賀病死。月餘。仲任暴卒。而心下煖。其乳母老矣。猶在。守之未瘞。而仲任復蘇。」

仲任言曰：「初見捕去。與奴對事。至一大院。廳事十餘間。有判官六人。每人據二間。仲任所對最西頭。判官不在。立仲任於堂下。有頃判官至。乃其姑夫鄆州司馬張安也。見仲任驚。而引之登階。謂曰：『郎在世為惡無比。其所殺害千萬頭。今忽此來。何方相拔？』仲任大懼。叩頭哀祈。

「判官曰：『待與諸判官議之』乃謂諸判官曰：『僕之妻姪屈突仲任造罪無數。今召入對事。其人年命亦未盡。欲放之去。恐被殺者不肯。欲開一路放生。可乎？』

「諸官曰：『召明法者問之。』則有明法者來。碧衣跼蹐。判官問曰：『欲出一罪人。有路乎。』因以具告。

「明法者曰：『唯有一路可出。然得殺者肯。若不肯。亦無益。』

「官曰：『若何？』

「明法者曰：『此諸物類。為仲任所殺。皆償其身命。然後託生。合召出來。』當誘之曰：『屈突仲任今到。汝食噉畢。即託生。羊更為羊。馬亦為馬。汝餘業未盡。還受畜生身。使仲任為人。還依舊食汝。汝之業報。無窮已也。今令仲任略還。令為汝追福。使汝各捨畜生業。俱得人身。更不為人殺害。豈不佳哉？』。諸畜聞得人身必喜。如此乃可放。若不肯。更無餘路。」

「乃鏁仲任於廳事前房中。召仲任殺生類到。判官庭中。地可百畝。仲任所殺生命。填塞皆滿。牛馬驢騾豬羊獐鹿雉兔。乃至刺蝟飛鳥。凡數萬頭。皆曰：『召我何為？』

「判官曰：『仲任已到。』物類皆咆哮大怒。騰振蹴踏之而言曰：『巨盜盍還吾債。』方忿怒時。諸豬羊身長大。與馬牛比。牛馬亦大倍於常。

「判官乃使明法入曉喻。畜聞得人身。皆喜。形復如故。於是盡驅入諸畜。乃出仲任。有獄卒二人。手執皮袋兼秘木至。則納仲任於袋中。以木秘之。仲任身血。皆於袋諸孔中流出灑地。卒秘木以仲任血。遂遍流廳前。須臾。血深至階。可有三尺。然後兼袋投仲任房中。又扃鎖之。乃召諸畜等。

「皆怒曰：『逆賊殺我身。今飲汝血。』於是兼飛鳥等。盡食其血。血既盡皆共舐之。庭中土見乃止。當飲血時。畜生盛怒。身皆長大數倍。仍罵不止。既食已。明法又告：『汝已得債。今放屈突仲任歸。令為汝追福。令汝為人身也。』諸畜皆喜。各復本形而去。判官然後令袋內出仲任。身則如故。

「判官謂曰；『既兒報應。努力修福。若刺血寫一切經。此罪當盡。不然更來。永無相出望。』」

仲任蘇。乃堅行其志焉。

校志

一、本文依據《太平廣記》卷一百校錄。

註釋

❶同官令——同官縣，在今陝西省。令、同官縣令，縣長。

❷刺臂血和朱用寫一切經——疑是「刺臂血和朱（朱砂也）用寫一切經。」

十六、菩提寺豬

唐開元十八年，京菩提寺有長生豬。體柔肥碩，在寺十餘年，其歲豬死，僧焚之，火既燼，灰中得舍利百餘粒。

校志

一、本文據《太平廣記》卷一百校錄。

二、本文太短，並無情節，不過志怪而已。

十七、李思元

唐天寶五載❶，夏五月中，左清道率府史李思元暴卒，卒後心煖，家不敢殯，積二十一日，夜中才蘇。即言曰：「有人相送來，且作三十人供。」又曰：「要萬貫錢與送來人。」

思元父為署令，其家頗富，因命具饌，且鑿紙為錢。饌熟，令堂前布三十僧供。思元白曰：「蒙恩相送，薄饌單蔬不足以辱文德。」須臾若食畢，因令焚五千張紙錢於庭中。又令具二人食，置酒肉。思元向席曰：「蒙恩釋放，但懷厚惠。」又令焚五千張紙錢畢，然後偃臥至天曉漸平和乃言曰：

被捕至一處，官不在，有兩吏存焉。一曰馮江靜，一曰李海朝，與思元同召者三人。兩吏曰『能遺我錢五百萬當舍汝』，二人不對，思元獨許之，吏喜。俄官至，謂三人曰：「要使典二人，三人內辦之。」官因領思元等至王所，城門數重，防衛甚備，見王居有高樓十間，當王所居三間，高大盡垂簾。

思元至，未進，見有一人，金章紫綬，形狀甚貴，令投刺謁王，王召見，思元隨而進，至樓下，王命卻簾，召貴人登樓。貴人自階陛方登，王見，起延至簾下，貴人拜，王答拜，謂貴人曰：「今既來此，即須置對不審在生有何善事。」

貴人曰：「無」。

王曰：「在生數十年，既無善事，又不忠孝，今當奈何？」因頓蹙曰：「可取所司處分。」

貴人辭下，未數級，忽有大黑風到簾前直吹貴人將去，遙見貴人在黑風中吹其身忽長數丈而狀隳壞，或大或小，漸漸遠去，便失所在。

王見佇立，謂階下人曰：「此是業風，吹此人入地獄矣。」

官因白思元等。

王曰：「可撿籌定之。因簾下投三疋絹下，令三人開之，二人開絹，皆有當使字，唯思元絹闕無有。」

王曰：「留二人，舍思元。」

思元出殿門，門西牆有門東向門外衆僧數百，持旛花迎思元云，菩薩要見。

思元入院，院内地皆臨清池，院内堂閣皆七寶。堂内有僧衣金鏤袈裟，坐寶床，思元之禮謁也，左右曰：「此地藏菩薩也。」思元乃跪，諸僧皆為贊歎聲。思元聞之泣下。

菩薩告衆曰：「汝見此人下淚乎，此人去亦不久，聞昔之梵音，故流涕耳？」謂曰：「汝見此間事，到人間一一話之，當令世人聞之，改心修善，汝此生無雜行，常正念，可復來此。」因令諸僧送歸。

思元初蘇，具三十人食，別具二人肉食，皆有贈益由此也。思元活七日，又設大齋畢，思元又死。至曉蘇云：「間又為菩薩所召，怒思元曰：『吾令汝具宣報應事，何不言之。』將杖之，思元哀請乃放。」

思元素不食酒肉，及得再生，遂乃潔淨長齋而其家盡不過中食，而思元每人集處，必具言冥中事。人皆化之焉。

校志

一、本文據《太平廣記》卷一〇〇暨商務《舊小說》卷六《紀聞》校錄。

二、「唐天寶」，「唐」字是《廣記》編者後加。

註釋

❶天寶五載——玄宗天寶五年，當西元七四六年。

十八、僧齊之

勝業寺僧齊之好交遊貴人，頗曉醫術，而行多雜。天寶五載❶五月中病卒。二日而蘇。因移居東禪定寺。院中建一堂，極華飾，長座橫列等身像七軀。自此絕交游，精持戒。

「自言曰：「初死見錄❷至鬼王庭。見一段肉。臭爛在地。

「王見問曰：「汝出家人，何因殺人？」

「齊之不知所對。

「王曰：「汝何故仗殺寺家婢？」

「齊之方悟。

「先是寺中小僧倚馬師與寺中青衣通。青衣後有異志，馬師怨之。因搆青衣於寺主。其青衣，不藏之人也。寺主亦素怨之。因衆僧堂食來散，召青衣對衆。具箠殺之。

「齊之諫寺主曰：「出家之人，護身口意。戒律之制，造次不可違。而況集衆殺乎？」

「馬師贊寺主，寺主大怒，不納齊之，遂箠朴交至，（青衣乃）死於堂下，故齊之悟王之問。

「（齊之）乃言曰：『殺人者寺主。得罪者馬師，今何為見問？』

「王前臭肉忽發聲曰：『齊之殺我！』

「王怒曰：『婢何不起？而臥言！』

「臭肉忽起為人，則所殺青衣，與齊之辯對數反，乃言曰：『當死時，楚痛悶亂，但聞旁有勸殺之聲，疑是齊之。所以訴之。』

「王曰：『追寺主！』

「階吏曰：『福多不可追。』

「曰：『追馬師。』

「吏曰：『馬師命未盡。』

「王曰：『且收青衣。放齊之。』

「初、齊之入，見王座有一僧一馬，及門，僧亦出。齊之禮謁。

「僧曰：『余地藏菩薩也，汝緣福少，命且盡。所以獨追。今可堅持僧戒，舍汝俗事，住閒靜寺，造等身像七軀，如不能得錢，彩畫亦得。』」

齊之既蘇，遂乃從其言焉。

校志

一、本文據《太平廣記》卷一百校錄。

註釋

❶天寶五載——唐玄宗天寶五年，西元七四六年。

❷見錄——被抓。

十九、張無是

唐天寶十二載冬❶，有司戈張無是，居在市政坊，因行街中，夜鼓絕，門閉，遂趨橋下而跧❷，夜半，忽有數十騎，至橋駐馬，言使乙至布政坊，將馬一乘，往取十餘人，共二人，一則無是妻，一則同曲富叟王翁。

無是聞之大驚。俄而取者至，云：「諸人盡得，唯無是妻誦金剛經，善神護之，故不得。」因唱所得人名，皆應曰：「唯。」無是亦識王翁應聲。

答白畢，俄而鼓動。無是歸家，見其妻猶誦經坐待。

無是既至，妻曰：「汝常不外宿，吾恐汝犯夜，故誦經不眠相待。」

天曉聞南鄰哭聲，無是聞之，則王翁死矣。無是大懼，因以具告其妻。妻亦大懼，因移出宅，謁名僧，發誓願長齋，日則誦經四十九遍，由是得免。

校志

一、本文據《太平廣記》卷一〇〇暨商務《舊小說》卷六《紀聞》校錄。

二、「唐天寶」，唐字係《廣記》編者後加。

註釋

❶天寶十二年——唐玄宗十二年，當西元七五三年。

❷跧——伏，趨橋下而跧，伏在橋下。

二十、黃山瑞像

會郡任城野黃山瑞像，蓋生於石，狀如脈渾焉❶。昔有採梠者❷，山中見像，因往祈禱，如願必得，由是遠近觀者數千人，知盜官恐有姦起，因命石工破山石，輦瑞像❸，致之邑中大寺門樓下，於是邑人於寺建大齋。凡舍數千人。齋暴人散，日方午，忽然大風，墨雲霾寺，雲中火起。電擊門樓，飛雨河注。邑人驚曰：「門樓災矣！」

先是僧造門樓，高百餘尺。未施丹雘❹，而樓勢東傾。以大木撐之。及雨止，樓已正矣。蓋鬼神以像故，而共扶將焉。

校志

一、本文據《太平廣記》卷一百一校錄。

註釋

❶胚渾——如胚胎之渾然也。

❷梠——門上橫樑叫楣，亦作梠。採梠，此處可能有誤。或可解為「採木為梠。」

❸輂瑞像——輂、運。把瑞像以車運送到大寺門樓下。

❹未施丹雘——雘、彩色。未施丹雘、沒有塗以顏色。如油漆。雘，ㄨㄛˋ，亦可讀「ㄏㄨㄛˋ」，采色之善者稱雘。

二十一、馬子雲

涇縣尉❶馬子雲，為人數奇❷，以孝廉三任為涇縣尉，數月，丁憂而去，在官日，充本郡租綱赴京❸，途由淮水，遇風船溺、凡沉官米萬斛，由是大被拘繫。

子雲被繫，乃專心唸佛，凡經五年，後遇赦得出，因逃於南陵山寺中，常一食齋，天寶十年，卒於涇縣。

（子雲卒前）先謂人曰：「吾為人坎軻❹，遂精持內教❺。今西方業成，當往生安樂世界爾。」

明日沐浴：衣新衣端坐合掌，俄而異香滿戶。

子雲喜曰：「化佛來矣，且迎吾行。」言訖而歿。

校志

一、本文據《廣記》卷一百一校錄。

註釋

❶涇縣尉——涇縣，今安徽涇縣。尉、通常進士試及第，再經吏部試後。若及格，便派任官員，若為地方官，大都縣尉開始，其上有縣令，縣丞和主簿。

❷數奇——運氣不佳之意。

❸充本郡租綱赴京——綱、貨物之結合同行曰綱。馬子雲押解本郡的租綱赴京，包括了郡所向京徵交的租稅穀物等。

❹坎軻——數奇，因之諸事不順：坎軻，原形容道路之不平，借以說明人生諸事不順。

❺內教——佛教也。

二十二、李虛

唐開元十五年❶，有敕天下村坊佛堂，小者並拆除，功德移入側近佛寺堂，大者皆令閉封❷。天下不信之徒，並望風毀拆，雖大屋大像，亦殘毀之。

敕到豫州，新息令李虛，嗜酒倔强，行事違戾，方醉而州符至，仍限三日報。虛見大怒，便約胥正，「界内毀拆者死。」於是一界並全❸。虛為人好殺愎戾，行必違道❹，當時非惜佛宇也，但以忿限，故全之。全之亦不以介意。歲餘，虛病數日死。地正暑月，隔宿即斂，明日將殯❺。母與子繞棺哭之，夜久哭止，聞棺中若指爪戛棺聲。初疑鼠，未之悟也。斯須增甚妻子驚走。母獨不去，命開棺。

左右曰：「暑月恐壞！」

母怒促開之。而虛生矣。身頗瘡爛，於是浴而將養之，月餘平復。

虛曰：

初為兩卒拘至王前，王不在，見階前典吏，乃新息吏也，亡經年矣，見虛拜問曰：「長官何得來？」虛曰：「適被錄而至。」吏曰：「長官平生，唯以殺害為心，不知罪福，今當受報，將若之何？」虛聞懼，請救之。吏曰：「去歲拆佛堂，長官界內獨全，此功德彌大，長官雖死，亦不合此間追攝，少間王問，更勿多言，但以此對。」虛方憶之，頃王坐，主者引虛見王，王曰：「索李明府善惡簿來。」即有人持一通案至，大合抱，有二青衣童子，亦隨文案，王命啟牘唱罪，階吏續曰：「專好割羊腳。」吏曰：「合杖一百，仍割其身肉百斤。」王曰：「可令割其肉。」虛曰：「去歲有敕拆佛堂，毀佛像，虛界內獨存之，此功德可折罪否？」，王驚曰：「審有此否？」吏曰：「無。」新息吏進曰：「有福簿在天堂，可檢之。」王曰：「促檢。」殿前垣南有樓數間，吏登樓檢之，未至，有二僧來至殿前，王問：「師何所有？」一答曰：「常誦金剛經。」一曰：「常讀金剛經。」，王起合掌曰：「請法師登階。」王座之後，有二高座，右金左銀，王請誦者坐金座，讀者坐銀坐。坐訖，開經。王合掌聽之，誦讀將畢，忽有五色雲至金座前，紫雲至銀座前，二僧乘雲飛去空中，遂滅。王謂階下人曰：「見二僧乎？皆生天矣。」於是吏檢善簿至，唯一紙，因讀曰：「去歲敕拆佛堂，新息一縣獨全，合折一生中罪，延年三十，仍生善道。」言畢，罪簿軸中火出，焚燒之盡，王曰：「放李明府歸。」仍敕兩吏送出城南門，見夾道並高樓大屋，男女雜坐，樂飲笙歌，虛好絲竹，見而悅之。兩吏謂曰：「急過此無顧，顧當有損。」虛見飲處，意不能忍，行佇立觀之。店中人呼曰：「來。」，吏曰：「此非善處，既不相取信，可任去。」虛未悟，至飲處，人皆起，就坐，奏絲竹，酒至，虛酧酢畢，將飲之，乃一杯糞汁也，臭穢特甚，虛不肯飲。即有牛頭獄卒，出於牀下，以叉刺之，洞胸，虛遽連飲數杯，乃出，吏引虛南入荒田小徑中，遙見一燈炯然，燈旁有大坑，昏黑不見底，二吏推墮之，遂蘇。

李虛素性凶頑，不知罪福，而被酒違戾，以全佛堂。明非己之本心也。然猶身得生天，火焚罪簿。獲福若此，非為善之報乎？況夫日夜精勤，孜孜為善。既持僧律，常行佛言，而不離生死，未之有也。

校志

一、本文據《太平廣記》卷一百四與商務《舊小說》卷六《紀聞》校錄，予以分段，並加註標點符號。

二、「唐開元十五年」，「唐」宗係「廣記」編者所添加。

註釋

❶唐開元十五年——開元係唐玄宗年號，共二十九年，自西元七一三至七四一年。

❷有敕四句——敕，音赤。皇帝所須佈的命令。令天下所有佛堂，小者予以拆除。一應功德，併入大的佛寺。皆令封閉。即不許朝拜。

❸敕到一段——命令到了豫州，新息縣縣令李虛，是一個愛酗酒的倔強的人，一向行事違反常規，十分暴戾。他剛喝完酒，而命令到了縣衙。他不禁大怒，咐咐胥吏保正們：「界內有人敢毀佛像拆佛堂者，一律死刑！」因此一縣的寺廟得到保全。

❹虛為人好殺愎戾，行必違道——李虛為人，好殺人立威，剛愎乖戾。行事常違背正道。

❺隔宿即斂，明日將殯——因為是大熱天，怕屍體腐敗。死後次日便裝進棺材，準備次日便殮葬入土。

二十三、牛騰

唐牛騰字思遠，唐朝散大夫郟城令，棄官從好，精心釋教，從其志者，終身常慕陶潛五柳先生之號，故自稱布衣公子，即侍中中書令河東侯炎之甥也，（侯姓裴氏。）未弱冠，明經擢第，再選右衛騎曹參軍。

公子沉靜寡言，少挺異操，河東侯器其賢，朝廷政事，皆訪之。公子清儉自守，德業過人，故王勃等四人，皆出門下。

年壯而河東侯遇害，公子謫為牂牁建安丞。將行、時中丞崔察用事，貶官皆辭之。素有嫌者，或留之，誅殛甚眾。

時天后方任酷吏，而崔察先與河東侯不協，陷之，公子將見崔察，懼不知所為。忽衢中遇一人，形甚環偉，黃衣盛服，乃問公子：「欲過中丞，得無懼死乎？」

公子驚曰：「然。」

又曰：「公有犀角刀子乎？」

曰：「有。」

異人曰：「公有刀子甚善授公以神咒，見中丞時，但俛伏掐訣。（言帶犀角刀子格手訣乃可以誦咒，其訣，左手中指第三節橫文以大指爪掐之。）而密誦咒七遍，當有所見，可以無患矣，咒曰：吉中吉，迦戌律，提中有律，陁阿婆迦阿。」

公子俛而誦之，既得，仰視，異人亡矣。大異之。即見察。同過三十餘人，公子名當二十。前十九人各呼名過，素有郤，察則留處，絞斬者且半焉。次至公子，如其言誦咒，察久不言，仰視之，見一神人長丈餘，儀質非常，出自西階，直至察前。右拉其肩，左振其首，面正當背，而諸人但見崔察低頭不言，手注定字而已，公子遂得脫。比至屛迴顧，見神人釋察而亡矣。

公子至牂牁，素秉誠信，篤敬道，雖已婚宦，如戒僧焉，口不妄談，目不妄視，言無僞，行無頗，以是夷獠漸漬其化。遂大布釋教於牂牁中。常攝郡長吏，置道場數處。

居三年而莊州獠反，轉入牂牁。郡人皆殺長吏以應之，建安大豪，起兵相應，乃劫公子坐於樹下，將加戮焉。

忽有夷人持刀斬守者頭，乃詈曰：「縣丞至惠汝，何忍害若人？」因置公子於籠中，令力者負而走，於是兼以拏免。

事解後，郡以狀聞，詔書還公子官。許其還歸。後宰數邑。皆計日受俸，其清無以加，亦天性也。後棄官精內教，甚有感焉。

校志

一、本文據《太平廣記》卷一一二與商務《舊小說》卷六《紀聞》校錄。

二十四、襄陽老姥❶

唐神龍年中❷，襄陽將鑄佛像。有一老姥至貧。營求助施，卒不能得。姥有一錢，則為女時母所賜也。寶之六十餘年，及鑄像時，姥持所有，因發重願，投之爐中。及破爐安像，姥所施錢，著佛智臆❸，因磨錯❹去之。一夕，錢又如故。僧徒驚異。錢至今存焉。

乃至至誠發心，必有誠應，故諸佛感之，令後人生命有此事也。

校志

一、本文據《太平廣記》卷一百一十五校錄。

註釋

❶襄陽老姥——襄陽、今湖北襄陽。姥、老婦。

❷唐神龍年中——「唐」字係後人所加。神龍、唐中宗年號。只兩年。當西元七〇五至七〇六年。

❸智臆——臆、胸也。

❹磨錯——磨去。錯、也是磨的意思。

二十五、李之

唐王悅為唐昌令❶，殺錄事李之而不辜❷，之既死，長子作靈語❸曰：「王悅不道，妄殺予，予必報。」其聲甚厲。

經數日，悅晝坐廳事，忽拳毆其腰，聞者殷然❹，驚顧無人。既暮，擊處微腫焉，且痛。其日，李之男又言曰：「吾已擊王悅，正中要害處。即當殺之。」悅疾甚，即至蜀郡謁醫，不愈。

未死之前數日，李之男命其家造數人饌，仍言曰：「吾與客三人至蜀郡，錄王悅❺。食畢當行。」明日而悅死。悅腫潰處，正當右腎，即李之所為也。

校志

一、本文據《太平廣記》卷一百二十一校錄。

二、「唐王悅」，「唐」字係廣記編者所添加。

註釋

❶唐昌——似在四川。故唐昌令赴蜀郡就醫。

❷殺錄事李之而不辜——辜、罪，李之無罪而被殺，錄事、縣衙中的小官。

❸長子作靈語——觀第二段「李之男之語」一句，則此處應是指李之的長男、靈語，因靈鬼附身而說的話。

❹殷然——雷殷殷，殷，形容聲音之詞。

❺錄王悅——捉拿王悅。

二十六、楊愼矜

唐監察御史王掄為朔方節度判官，乘驛❶，在途暴卒。而顏色不變，猶有暖氣，懼不敢殯。凡十五日生，王掄云：「至冥司，與冥吏語，冥吏悅之，立於房內。吏出，掄試開其案牘，乃楊愼矜於帝所訟李林甫，王鉷也。已斷王鉷族滅矣，於是不敢開，置於舊處而謁王。「王庭前東西廊下皆垂簾，坐掄簾下。愼矜兄弟入，見王掄冤，王曰：『已族王鉷，即當到矣。』須臾，鑠鉷至，兼其子弟數人，皆械繫面縛，七竅流血，王令送訊所，於是愼矜同出。」

掄既蘇，月餘，有邢縡之事，王鉷死之。

校志

一、本文依據《太平廣記》卷一百二十一校錄。

二、文首「唐」字係廣記編者後加。

三、楊慎矜，隋室後裔。開元中為御史中丞，為李林甫誣死。

註釋

❶驛——置騎也，車曰馹，曰傳。馬曰驛，曰遽。

二十七、午橋民

唐衛州司馬杜某嘗為洛陽尉，知捕寇❶。時洛陽城南午橋有人家失火，七人皆焚死。杜某坐廳事，忽有一人為門者所執，狼狽至前，問其故，門者曰：「此人適來，若大驚恐狀，再馳入縣門，復馳出，故執之。」

其人曰：「某即殺午橋人家之賊也，故來歸命❷。嘗為伴五人，同劫其家❸，得財物數百千。恐事泄，則殺其人，焚其室。如自焚死者，故得人不疑，將財至城，舍於道德里，與其伴欲出外，輒坎軻不能去❹。今日出道德坊南行，忽見空中有火六七團，大者如瓠❺。小者如杯，遮其前，不得南出，因北走。有小火直入心中，爇其心腑❻。痛熱發狂。因為諸火遮繞，驅之令入縣門，及入則不見火，心中火亦盡。於是出門，火以盡在空中，遮不令出，自知不免，故備言之。」

由是命盡取其黨處財物，於府殺之。

校志

一、本文據《太平廣記》卷一百二十七校錄。

二、唐衛州，「唐」字是《廣記》編者所添加。

註釋

❶唐衛州司馬杜某嘗為洛陽尉，知捕寇——衛州司馬杜某人曾在洛陽縣為縣尉，主管緝捕盜寇，州司馬通常是管軍事的官，尉在縣府中，居於縣令，縣丞，主簿之下的小官。

❷歸命——自首。

❸嘗為伴五人，同劫其家——曾經結夥共五人，打劫其家。

❹轗坎軻不能去——坎軻，本是窮困，不平之意。此處有「受阻不得前行」的意思。

❺瓠——音胡，葫蘆類，稱瓠瓜，可食。

❻爇其心腑——爇、焚燒、爇其心腑、心如火燒。

二十八、晉陽人妾

唐牛肅舅之尉晉陽也，縣有人殺其妾。將死，言曰：「吾無罪，為汝所殺，必報。」後數年，殺妾者夜半起，至母寢門呼。其母問故。其人曰：「適夢為虎所齧，傷至甚，遂死。覺而心悸，甚驚惡，故啓之。」母曰：「人言夢死者反生。夢想顛倒故也。汝何憂？然汝夜來未飯牛。亟飯之。」其人曰：「唯。」闇中見物，似牛之脫也。前執之，乃虎矣。遂為所噬，其人號叫竟死。虎既殺其人，乃入院，至其房而處其床，若寢者。其家俟其寢，則閉鏁其門而白於府，季休光為留守，則使取之。取者登焉。破其屋，攢矛以刺之，乃死。舅方為留守判官，淂其頭，漆之為枕。至今時人以虎為所殺之妾也。

校志

一、本文據《太平廣記》卷一百二十九校錄，予以分段並加註標點符號。

二、「唐牛肅」、「唐」字係廣記編者所添加，由此文，我們知道作者是牛肅。

二十九、當塗民

吳❶俗取鮮魚皆生之，欲食則投之沸湯，偃轉移時乃死❷。天寶八載❸，當塗有人取鱓魚，是春得三頭鱓❹，其子去皮，斷其頭，燃火將羹之❺，其鱓則化為蛇，赤文斒爛❻，長數尺。行趨門外，其子走反顧，餘二鱓亦已半為蛇。須臾化畢，皆去。其子遂病，明日死，於是一家七人皆相繼死，十餘日且盡。

當塗令❼王休愔，以其無人也，命葬之。

校志

一、本文據《太平廣記》卷一百三十二校錄。

註釋

❶吳——今之江蘇省。

❷偃轉移時——偃，音衍。仰臥，偃轉移時，翻來轉去多時。

❸天寶八載——天寶、唐玄宗年號。共十四年。由西元七四二至七五五年。

❹鱓——音善，外觀類鰻魚。

❺將羹之——將拿來作羹，羹在此係動詞。

❻赤文編斕——編斕，色不純貌，赤紅色，頗為編斕。

❼當塗令——當塗縣的縣長，名王休愔。

三十、王儦(一)

唐太子僕通事舍人王儦❶，肅宗克服後降官❷，為人所告，繫御史臺❸。儦未繫之前年九月，儦與孌妾夜坐堂下，有流星大如盎❹，光明照耀，墜于井中，在井久猶光明。使人求之，無所得，儦懼出宅，竟迯播州❺，儦殊不意。行至鳳州❻，疽背裂死❼。

校志

一、本文據《太平廣記》卷一百四十三校錄。

二、「唐」字係後人所加。

註釋

❶唐太子僕通事舍人——唐太子李僕的手下。通事舍人，東宮傳信的小官。

❷肅宗克服後降官——唐玄宗天寶年間，安祿山造反，玄宗避難到四川，太子李亨就位於靈武，是為肅宗皇帝，他尊玄宗為太上皇，克服，謂平定安史之亂後。

❸繫御史臺——關在御書台牢中。

❹盎——音昂，盛液體的器皿。

❺竟徙播州——徙，音洗，遷到播州去住，播州，今貴州省導義縣。

❻鳳州——今陝西華縣。

❼疽背裂死——疽ㄐㄩ，癰瘡，腫瘤，《漢書陳平傳》：「疽發背而死」。

三十一、王儦(二)

唐太子通事舍人王儦曰：「人遭遇皆繫之命。緣業先定。吉凶乃來。豈必誡慎。」「昔天后誅戮皇宗，宗子繫大理當死。宗子歎曰：『既不免刑。焉用污刀鋸？』夜中，以衣領自縊死，曉而蘇，遂言笑飲食，不異在家。數日被戮，神色不變，初蘇言曰：『始死，冥官怒之。』曰：『爾合戮死。何為自來？速還受刑！』宗子問故，官示以冥簿，渠前世殺人。今償對乃畢報，宗子既知，故受害無難色。」

校　志

一、本文據《太平廣記》卷一四三校錄，予以分段，並加註標點符號。

二、「唐」字係後人所加。

三、本文的意旨是：「萬般都是命，半點不由人。」注定要凶死的，想自殺都不行。

三十二、裴伷先

工部尚書裴伷先，年十七，為太僕寺丞。伯父相國炎遇害，他先廢為民，遷嶺外。伷先素剛，痛伯父無罪，乃於朝廷封事❶請見。而陳得失。

天后大怒，召見，盛氣以待之。謂伷先曰：「汝伯父反，于國之憲，自貽伊戚❷，爾欲何言？」

伷先對曰：「臣今請為陛下計，安敢訴冤，且陛下先帝皇后。李家新婦，先帝棄世。陛下臨朝，為婦道者，理當委任大臣，保其宗社。東宮年長，復子明辟，以塞天人之望。今先帝登遐❸未幾，遽自封崇私室，立諸武為王，誅斥李宗，自稱皇帝。海內憤惋，蒼生失望。臣伯父至忠於李氏，反誣其罪，戮及子孫，陛下為計若斯，臣深痛惜。臣望陛下復立李家社稷，迎太子東宮，陛下高枕，諸武獲全。如不納臣言，天下一動，大事去矣。產祿之誡❹，可不懼哉，臣今為陛下用臣言未晚。」

天后怒曰：「何物小子，敢發此言。」命牽出。伷先猶反問曰：「陛下採臣言實未晚。」

如是者三。

天后令集朝臣於朝堂，杖伷先至百，長隸攘州。伷先解衣受杖，笞至十而伷先死。數至九十八而蘇，更二笞而畢。伷先瘡甚，臥驥輿中，至流所，卒不死。在南中數歲，娶流人盧氏，生男愿。盧氏卒，伷先攜愿，潛歸鄉。歲餘事發，又杖一百。徙北庭，貨殖五年，致資財數千萬。

伷先賢相之姪，往來河西，所在交二千石❺。北庭❻都護府城下，有夷落萬帳❼。則降胡也，其可汗禮伷先，以女妻之，可汗唯客，以取東京息耗。朝廷動靜，數日伷先必知之。

時補闕李授寓直中書，封事曰：「陛下自登極，誅斥李氏及諸大臣，其家人親族，流放在外者。以臣所料，且數萬人。如一旦同心招集為逆，出陛下不意，臣恐社稷必危。讖曰，代武者劉，夫劉者流也，陛下不殺此輩，臣恐為禍深焉。」天后納之，夜中召入，謂曰：「卿名秦授，天以卿授朕也，何啓予心。」即拜考功員外郎，仍知制誥，勑賜朱紱。女妓十人，金帛稱是，與謀發敕使十人於十道，安慰流者。其實賜墨敕與牧守，有流放者殺之。

敕既下，伷先知之，會賓客計議，皆勸伷先入胡。伷先從之，日晚，舍於城外。因裝，時有鐵騎果毅二人，勇而有力，以罪流。伷先善待之，及行，使將馬裝橐駞八十頭，盡金帛，賓客家僮從之者三百餘人。甲兵備，曳犀超乘者半，有千里足馬二。伷先與妻乘之，裝畢遽發。

料天曉人覺之，已入虜境矣。既而迷失道，遲明，唯進一舍。乃馳，既明，候者言伷先走，都護令八百騎追之。妻父可汗又令五百騎追焉，誡追者曰：「舍伷先與妻，同行者盡殺之，貨財為賞。」追者及伷先於塞，仙先勒兵與戰。麾下皆殊死，日昏，二將戰死，殺追騎八百人。而伷先敗，縛伷先及妻於橐駞❽，將至都護所。既至，械繫穽中❾，具以狀聞，待報而使者至。召流人數百，皆害之，伷先以未報故免。

天后度流人已死，又使使者安撫流人曰：「吾前使十道使安慰流人，何使者不曉吾意。續加殺害，深為酷暴。其輒殺流人使，並所在鏁項。將至害流人處斬之，以快亡魂。諸流人未死，或他事繫者，兼家口放還。」

由是伷先得免，乃歸鄉里，及唐室再造。宥裴炎，贈以益州大都督，求其後。伷先乃出焉，授詹事丞。歲中四遷，遂至秦州都督，再節制桂廣。一任幽州帥，四為執金吾，一兼御史大夫。太原京兆尹太府卿，凡任三品官向四十政，所在有聲績。號曰唐臣，後為工部尚書東京留守薨，壽八十六。

校志

一、本文據《太平廣記》卷一四七校錄。

二、《紀聞》多條，但載奇事異物。如本文共〈吳保安〉諸條，記敘忠義故事，遂使全書流傳，〈吳保安〉故事且見諸《新唐書》忠義傳，良有以也。

註釋

❶封事——臣下奏事，皂囊封板，以防宣洩，謂之封事。

❷于國之憲，自貽伊戚——犯了國法，自作自受。

❸登遐——歸天、逝世。

❹產祿之誡——漢高帝去世，呂后封她的姪子呂祿、呂產為王。結果，周勃與陳平定計，誅殺了呂祿，呂產輩，安定了劉氏皇朝。

❺佃先賢相之姪，往來河西，所在交二千石——裴佃先是賢相裴炎的親姪子，河西，黃河以西之地，即今陝西甘肅一帶。二千石，高官。

❻北庭——漢時稱北匈奴所居地曰北庭，唐武則天長安年間（西元七〇一至七〇四年）設立北庭都護府。

❼有夷落萬帳——有夷人所建蓬帳過萬。

❽駞——駝俗字。

❾械繫穽中——穽、即阱。

三十三、張去逸

肅宗張皇后祖母竇氏，玄宗之姨母也❶。玄宗后早薨，實有鞠養之恩，景雲❷中，封鄧國夫人，帝甚重之，其子去惑、去盈、去奢、去逸，依倚恩寵，頗極豪華❸。

一日，弟兄同獵渭水曲❹。忽有巨蛇長二丈，騰趕草上，迅捷如飛，去逸因蹤彎弧，一舉而中。則命從騎挂之而行。

俄頃霧起於渭上，咫尺昏晦，驟雨驚電，無所遁逃，偶得野寺，去逸即棄馬，逕依佛廟，烈火震霆，隨而大集。

方霆火交下之際，則聞空中曰：「忽驚僕射！」❺

霆火遽散，俄而復臻。

又聞空中曰：「忽驚司空❻。」霆火登止，俄復蘩集。

又聞空中曰：「忽驚太尉。」既而陰翳廓然，終無所損。然死蛇從馬，則已失矣。

去逸自負坐須富貴。不數年，染疾而卒，官至太僕卿。天寶中，其女選東宮，充良娣❼，及肅京收復兩京，自媛頗有輔佐之力。至德二載，冊為淑妃❽。乾元元年❾，詔中書令翟圓持節冊為皇后，而去逸以后父，前後之贈官，皆如空中之告耳。

校志

一、本文據《廣記》卷一百五十校錄。

註釋

❶肅宗張皇后祖母竇氏，玄宗之姨母也——肅宗李亨，乃玄宗李隆基之子。

❷景雲——唐睿宗年號，只二年，自西元七一〇至七一一年。繼為玄宗先天一年。

❸頗極豪華——頗、極二字相對，似不宜連用。要則（「頗為豪華」，或則「極為豪華」）。

❹同獵渭水曲——渭水、源出甘肅省渭源縣之烏鼠山，流經隴西、伏兔、天水至清水而入陝西。再經寶經、鄠、盩屋，咸陽、長安、臨潼、渭南、華陰、會洛水，而入黃河。此處說渭水曲，大約在長安境內。

❺僕射——唐中央官制，分為尚書、中書、門下三省。尚書省的長官稱尚書令，太宗曾任此職，其後無人敢任。其下左右僕射，據薩孟武先生「中國政治社會史」稱，僕射實為宰相。

❻司空——唐官制，中央有三師三公，俱為正一品。太師、太傅、太保為三師。太尉、司徒、司空為三公。

❼天寶中，其女選東宮，充良媛——時肅宗為太子，去逸的女兒選入東宮任良媛。

❽至德二載，冊為淑妃——至德、肅宗年號，只二年，自西元七五六至七五七年。

❾乾元元年——乾元，肅宗年號，共二年，自西元七五八至七五九年。

三十四、吳保安

吳保安，字永固，河北人，任遂州方義尉❶。其鄉人郭仲翔，即元振❷從姪也。仲翔有才學，元振將成其名宦。

會南蠻作亂，以李蒙為姚州❸都督，帥師討焉。蒙臨行，辭元振。元振乃見仲翔❹，謂蒙曰：「弟之孤子，未有名宦，子姑將行，如破賊立功，某在政事，當接引之，俾其縻廩薄俸也。」蒙諾之。仲翔頗有幹用，乃以為判官，委之軍事。

至蜀。保安寓書於仲翔曰：

「幸共鄉里，籍甚風猷，雖曠不展拜，而心常慕仰。吾子國相猶子，幕府碩才，果以良能，而受委寄。李將軍秉文兼武，受命專征，親綰大兵，將平小寇。以將軍英勇，兼足才能，師之克殄，功在旦夕。保安幼而嗜學，長而專經，才乏兼人，官從一尉。僻在劍外，地邇蠻陬，鄉國數千，關河阻隔，況此官已滿，後任難期。以保安之不才，厄選曹之格限，更思微祿，豈有望焉。將歸老邱園，轉死溝壑。側聞吾子急人之憂，不遺鄉曲之情，忽垂特達之眷，使保安得執鞭弭，以奉周旋。錄及細微，薄霑功效。承茲凱入，得預末班。是吾子邱山之恩，即保安銘鏤之日。非敢望也，願為圖之。唯照其款誠而寬其造次。專策駑蹇。以望招攜。」

仲翔得書，深感之。即言於李將軍，召為管記。未至而蠻賊轉逼。李將軍至姚州，與戰破之。乘勝深入蠻，覆而敗之。李身死軍沒，仲翔為虜。蠻夷利漢財物，其沒落者，皆通音耗，令其家贖之。人三十疋。

保安既至姚州，適值軍沒，遲留未返。而仲翔於蠻中間關致書於保安曰：

「永固（保安之字）無恙。頃辱書未報，值大軍已發，深入賊庭，果逢撓敗。李公戰沒，吾為囚俘。假息偷生，天涯地角。顧身世已矣，念鄉國窅然。才謝鍾儀，居然受縶，身非箕子，日見為奴。海畔牧羊，有類於蘇武，宮中射雁，寧期於李陵。吾自陷蠻夷，備嘗艱苦，肌膚毀剔，血淚滿池。生人至艱，吾身盡受。以中華世族，為絕域窮囚。日居月諸，暑退寒襲，思老親於舊國，望松檟於先塋，忽忽發狂，腷臆流慟，不知涕之無從！行路見吾，猶為傷愍。吾與永固，雖未披款，而鄉里先達，風味相親；想覩光儀，不離夢寐。昨蒙枉問，承間便言。李公素知足下才名，則請為管記。大軍去遠，足下來遲。乃足下自後於戎行，非僕遺於鄉曲也。足下門傳餘慶，天祚積善，果事期不入，而身名並全。向若早事麾下，同參幕府。則絕域之人，與僕何異。吾今在厄，力屈計窮；而蠻俗沒留，許親族往贖。以吾國相之姪，不同衆人，仍苦相邀，求絹千匹。此信通聞，仍索百縑。願足下早附白書，報吾伯父。宜以時到，得贖吾還。使亡魂復歸，死骨更肉。唯望足下耳。今日之事，請不辭勞苦。吾伯父已去廟堂，難可諮啓。即願足下親脫石父，解夷吾之驂；往贖華元，類宋人之事。濟物之道，古人猶難。以足下道義素高，名節特著，故有斯請，而不生疑。若足下不見哀矜，猥同流俗，則僕生為俘囚之豎，死則蠻夷之鬼耳。更何望哉！已矣，吳君，無落吾事！」

保安得書，甚傷之。時元振已卒，保安乃為報，許贖仲翔。仍傾其家，得絹二百疋，往，因住嶲州，十年不歸。經營財物，前後得絹七百疋，數猶未至。保安素貧窶。妻子猶在遂州。貪贖仲翔，遂與家絕。每於人有得，雖尺布升粟，皆漸而積之。

後妻子飢寒，不能自立。其妻乃率弱子，駕一驢自往瀘南，求保安所在。於途中糧盡，猶去姚州數百。其妻計無所出，因哭於路左，哀感行人。

時姚州都督楊安居乘驛赴郡，見保安妻哭，異而訪之。妻曰：「妾夫遂州方義尉吳保安，以友人沒蕃，丐而往贖。而住姚州，棄妾母子，十年不通音問。妾今貧苦，往尋保安。糧乏路長，是以悲泣。」

安居大奇之，謂曰：「吾前至驛，當候夫人，濟其所乏。」

既至驛，安居賜保安妻錢數千，給乘令進。安居馳至郡。先求保安，見之。執其手升堂，謂保安：「吾常讀古人書，見古人行事，不謂今日親睹於公。何分義情深，妻子意淺，捐棄家室，求贖友朋，而至是乎！吾見公妻來，思公道義，乃心勤佇，願見顏色。吾今初到，無物助公，且於庫中假官絹四百匹，濟公此用。待友人到後，吾方徐為填還。」保安喜。取其絹，令蠻中通信者，特往，向二百日，而仲翔至姚州。形狀憔悴，殆非人也。方與保安相識，語相泣也。

安居曾事郭尚書，則為仲翔洗沐賜衣裝，引與同坐宴樂之。安居重保安行事，甚寵之。於是令仲翔攝治下尉。仲翔久於蠻中，且知其款曲，則使人於蠻洞市女口十人，皆有姿色。既至，因辭安居歸北，且以蠻口贈之。安居不受，曰：「吾非市井之人，豈待報耶！欽吳生分義，故因人成事耳。公有老親在北，且充甘膳之資。」

仲翔謝曰：「鄙身得還，公之恩也，微命得全，公之賜也。翔雖瞑目，敢忘大造。但此蠻口，故為公求來。公今見辭，翔以死請。」安居難違，乃見其小女曰：「公既頻繁有言，不敢違公雅意。此女最小，常所鍾愛。今為此女受公一小口耳。」因辭其九人。而保安亦為安居厚遇，大獲資糧而去。

仲翔到家，辭親凡十五年矣。卻至京，以功授蔚州錄事參軍。則迎親到官。兩歲，又以優授代州戶曹參軍。秩滿，內憂，葬畢，因行服墓次，乃曰：「吾賴吳公見贖，故能拜職養親。

今親歿服除，可以行吾志矣。」乃行求保安。而保安自方義尉選授眉州彭山丞。仲翔遂至蜀訪之。保安秩滿，不能歸，與其妻皆卒於彼，權窆寺內。仲翔聞之，哭甚哀。因製縗麻，環絰加杖，自蜀郡徒跣，哭不絕聲。至彭山，設祭酹畢。乃出其骨，每節皆墨記之。（墨記骨節，書其次第，恐葬斂時有失之也。）盛於練囊。又出其妻骨，亦墨記，貯於竹籠，而徒跣親負之，徒行數千里，至魏郡。

保安有一子，仲翔愛之如弟。於是盡以家財二十萬厚葬保安，仍刻石頌美。仲翔親廬其側，行服三年。既而為嵐州長史，又加朝散大夫。攜保安子之官，為娶妻，恩養甚至。仲翔德保安不已，天寶十二年，詣闕，讓朱紱及官於保安之子，以報。時人甚高之。

初仲翔之沒也，賜蠻首為奴，其主愛之，飲食與其主等。經歲，仲翔思北，因逃歸，追而得之，轉賣於南洞。洞主嚴惡，得仲翔苦役之，鞭笞甚至。仲翔棄而走，又被逐得，更賣南洞中，其洞號菩薩蠻。仲翔居中，經歲，困厄復走。蠻又追而得之。復賣他洞。洞主得仲翔，怒曰：「奴好走，難禁止邪？」乃取兩板，各長數尺，令仲翔立於板，以釘其足背釘之，釘達於木。每役使常帶二木行。夜則納地檻中，親自鏁閉。仲翔二足，經數年，瘡方愈。木鏁地檻，如此七年。仲翔初不堪其憂。保安之使人往贖也，初得仲翔之首主。展轉為取之。故仲翔得歸焉。

校志

一、本文據《廣記卷一百六十六與世界本《唐人傳奇小說《紀聞》部分校錄，予以分段，茲加註標點符號。

二、《新唐書》卷一百九十一〈忠義傳〉列〈吳保安〉一條，茲錄於後：

吳保安，字永固，魏州人。氣挺不俗。睿宗時，姚嶲蠻叛，拜李蒙為姚州都督，宰相郭元振以弟之子仲翔托蒙，蒙表為判官。時保安罷義安尉，未得調，以仲翔里人也，不介而見，曰：「願因子得事李將軍可乎？」仲翔雖無雅故，哀其窮，力薦之。蒙表掌書記。保安後往，蒙已深入，與蠻戰沒，仲翔被執。蠻之俘華人，必厚責財，乃肯贖，聞仲翔，貴冑也，求千縑。會元振物故，保安留嶲州，營順仲翔，苦無資。乃力居貨，十年，得縑七百。妻子客遂州，間關求保安所在，困姚州不能進。都督楊安居知狀，異其故，姿以行，求保安得之。引與語曰：「子棄家急朋友之患，至是乎！吾請官貲，助子之乏。」保安大喜，即委縑於蠻，得仲翔以歸。始仲翔為蠻所奴，三逃三獲，乃轉鬻遠酋，酋嚴遇之，晝役夜囚，役凡十五年乃還。安居亦丞相故吏，嘉保安之義，厚禮仲翔，遺衣服儲用，檄領近縣尉。久乃調蔚州錄事參軍，以優遷代州戶曹。母喪，服除，喟曰：「吾賴吳公生吾死，今要沒，可行其志。」乃求保安。於時保安以彭山丞客死，其妻亦沒，喪不克歸。仲翔為服縗絰，囊共骨，徒跣負之，歸葬魏州，廬墓三年，乃去。後為嵐州長史，迎保安子，為娶，而讓以官。

註解

❶遂州方義尉——唐代進士及第者，初任官多為縣尉，縣之長官為令，令下為丞，丞下為主簿，再下為尉。

❷元振——郭元振，即郭震，字元振，魏州貴鄉人，長七尺，美鬚髯、十八歲舉進士，為武后所知，睿宗景雲二年進同中書門下三品（宰相，遷吏部尚書，先天二年又以兵部尚書入相。封代國公歿，兩唐書均有傳。

❸姚州——雲南有姚安縣北之地。唐時設姚州都督府，以制南蠻。

❹元振乃見仲翔——元振乃使仲翔見李蒙。

三十五、蘇無名

天后時，賞賜太平公主❶細器寶物兩食合，所直黃金千鎰，公主納之藏中❷，歲餘取之，盡為盜所將矣。

公主言之，天后大怒，召洛州長史❸謂曰：「三日不得盜，罪！」長史懼謂兩縣主盜官曰：「兩日不得賊，死。」尉謂吏卒游徼曰：「一日必擒之，擒不得，先死。」吏卒游徼懼，計無所出。衢中遇湖州別駕蘇名，相與請之至縣。游徼白尉：「得盜物者來矣！」

無名遽進至階，尉迎問故。無名曰：「吾湖州別駕也，入計在茲。」尉呼吏卒：「何誣辱別駕？」無名笑曰：「君無怒吏，卒抑有由也，無名歷官所在，擒姦摘伏有名，每偷至無名前，無得過者。輩應先聞故將來，庶解圍耳。」

尉喜請其方，無名曰：「與君至府，君可先入白之。」尉白其故，長史大悅。降階執其手曰：「今日遇公卻賜吾。命請遂其由。」無名曰：「請與君求見對玉階乃言之。」

於是天后召之，謂曰：「卿得賊乎？」無名曰：「若委臣取賊，無拘日月且，寬府縣令不追求，仍以兩縣擒盜吏卒，盡以付臣，臣為陛下取之，亦不出數十日耳。」天后許之。

無名戒吏卒，緩則相聞。月餘，值寒食，無名盡召吏卒，約曰：「十人五人為侶，於東門北門伺之，見有胡人與黨十餘，皆衣縗絰，相隨出赴北邙者，可踵之而報。」吏卒伺之，果得，馳白無名。往視之問伺者：「諸胡何若？」伺者曰：「胡至一新塚，設奠，哭而不哀，亦撤奠，即巡行塚旁，相視而笑。」無名喜曰：「得之矣。」因使吏卒盡執諸胡，而發其塚，塚開割棺視之，棺中盡實物也，奏之。

天后問無名：「卿何才智過人而得此盜？」對曰：「臣非有他計，但識盜耳。當臣到都之日，即此胡出葬之時，臣亦見，即知是偷，但不知其葬物處。今寒食節拜掃，計必出城，尋其所之，足知其墓。賊既設奠，而哭不哀，明所葬非人也，奠而哭畢，巡塚相視而笑，喜墓無損傷也，向若陛下迫促府縣捕賊，計急必取之而逃。今者更不追求，自然意緩，故未將出。」天后曰：「善。」賜金帛，加秩二等。

校志

一、本文據《太平廣記》卷一七一暨商務《舊小說》卷六《紀聞》校錄。

註釋

❶太平公主——武則天的小女兒。

❷納之藏中——藏，藏物之所。收納在藏物之所。

❸洛州長史——州長官為刺史，長史，為次。

三十六、購蘭亭序

王羲之嘗書「蘭亭會序」。隋末，廣州好事僧得之，僧有三寶，寶而持之，一曰右軍蘭亭書。二曰神龜。（龜以銅為之。龜腹受一升。以水貯之，龜則動四足行，所在能去。）三曰如意。（以鐵為文，光明洞澈。色如水晶。）

太宗特工書，聞右軍蘭亭真跡，求之得其他本。若第一本，知在廣州僧（處）。而難以力取，故令人詐僧，果得其書。

僧曰：「第一寶亡矣！其餘何愛？」乃以如意擊石，折而棄之，又投龜一足傷，自是不能行矣！

校志

一、本文據《太平廣記》卷二百八校錄。
二、《法書要錄》有一題亦為《購蘭亭序》文，故事近似，文字卻有本文的九倍。

三十七、馬待封

開元初修法駕。東海馬待封能窮伎巧。於是指南車記里鼓相風島等。待封皆改修。共巧踰於古。待封又為皇后造粧具。中立鏡臺。臺下兩層。皆有門戶。後將櫛沐。啓鏡奩後。臺下開門。有木婦人手執巾櫛至。後取已。木人即還。至於面脂粧粉。眉黛髻花。應所用物。皆木人執。纔至。取畢即還。門戶復閉。如是供給皆木人。後既粧罷。諸門皆闔。乃持去。其粧臺金銀彩畫。木婦人衣服裝飾。窮極精妙焉。待封既造鹵簿。又為后帝造粧臺。如是數年，敕但給其用。竟不拜官。待封恥之。

又奏請造欹器❶酒山撲滿等物。許之。皆以白銀造作。其酒山撲滿中。機關運動。或四面開定。以納風氣。風氣轉動。有陰陽向背。則使其外泉流吐納。以挹杯斝。酒使出入。皆若自然。巧踰造化矣。既成奏之。即屬宮中有事。竟不召見。待封恨其數奇。於是變姓名。隱於西河山中。

至開元末。詩封從晉州來。自稱道者吳賜也。常絕粒。與崔邑令李勁造酒山樸滿欹器等。酒山立於盤中。其盤涇四尺五寸。下有大龜承盤。機運皆在龜腹內。盤中立山。山高三尺。峰巒殊妙。盤以木為之。布漆其外。龜及山皆漆布脫空。彩畫其外。山中虛。受酒三斗。繞山皆列酒池。池外復有山圍之。池中盡生荷。花及葉舒。以代盛葉。設脯醢珍果佐酒之物於花葉中。山南半腹有龍。藏半身於山。開口吐酒。龍下大荷葉中。有杯承之。盃受四合。龍吐酒八分而止。當飲者即取之。飲酒若遲。山頂有重閣。閣門即開。有催酒人具衣冠執板而出。於是歸盞於葉。龍復注之。酒使乃還。閣門即閉。如復遲者。使出如初。直至終宴。終無差失。山四面東西皆有龍吐酒。雖覆酒於池。池內有穴。潛引池中酒納於山中。比席闌終飲。池中酒亦無還矣。欹器二。在酒山左右。龍注酒其中。虛則欹。中則平。滿則覆。則魯廟所謂侑坐之器也。君子以誡盈滿。孔子觀之以誡焉。杜預造欹器不成。前史所載。若吳賜也。造之如常器耳。

校志

一、本文據《廣記》卷二二六校錄。

注釋

❶ 欹器——《荀子・宥坐》：「孔子觀於魯桓公之廟，有欹器焉，孔子問於守廟者曰：『此為何器？』守廟者曰：『此蓋為宥坐之器。』孔子曰：『吾聞宥坐之器者，虛則欹，中則正，滿則覆。』孔子顧謂弟子曰：『注水焉。』弟子挹水而注之，中而正，滿而欹。孔子喟然而歎，所吁！惡有滿而不覆者哉！」欹器即攲器。

三十八、隋煬帝

唐貞觀初，天下乂安，百姓富贍，公私少事，時屬除夜。太宗盛飾宮掖，明設燈燭，殿內諸房，莫不綺靡，后妃嬪御皆盛衣服，金翠煥爛，設庭燎於階下，其明如晝，盛奏歌樂。乃延蕭后，與同觀之。樂闋，帝謂蕭曰：「朕施設孰與隋主？」蕭后笑而不答。固問之。后曰：「彼乃亡國之君，陛下開基之主，奢儉之事，固不同矣！」

帝曰：「隋主何如？」

后曰：「隋主享國十有餘年，妾常侍從，見其淫侈。隋主每當除夜，至及歲夜，殿前諸院，設火山數十，盡沉香木根也。每一山焚沉香數車，火光暗，則以甲煎❶沃之。焰起數丈，沉香甲煎之香，旁聞數十里。一夜之中，則用沉香二百餘乘。甲煎二百石，又殿內房中，不燃膏火，懸大珠一百二十以照之。光比白日，又有明月寶夜光珠，大者六七寸，小者猶三寸。一珠之價，直數千萬。妾觀陛下所施，都無此物。殿前所焚，盡是柴木。殿內所燭，皆是膏油。但乍覺煙氣薰人，實未見其華麗。然亡國之事，亦願陛下遠之。」

太宗良久不言，口刺其奢，而心服其盛。

校志

一、本文據《廣記》卷二百三十六校錄。

注釋

❶甲煎——一種香料。

三十九、張長史

唐臨濟令李回❶，妻張氏，其父為廬州長史❷，告老歸。以回之薄其女也，故往臨濟辱之。（張）誤至全節縣❸。而問門人曰：「明府在乎？」門者曰：「在。」

張遂入至廳前，大罵辱。

全節令趙子餘不知其故，私自門窺之，見一老父詬罵不已。而時下常有所為魅，以張為狐焉。乃密召吏人執而鞭之。

亦未寤，罵仍恣肆❹。擊之困極，（吏）方問：「何人，輙此詬罵。」自言：「吾李四妻父也。回賤吾女，來怒回耳。」

全節令方知其誤，寘之館❺，給醫藥焉。

張之僮夜亡至臨濟，告回。回大怒，邏人吏數百，將襲全節而擊令。令懼，閉門守之。

回遂至郡訴之❻，太守召令責之，恕其誤也。使出錢二十萬遺張長史和之❼，回乃迎至縣。張喜回之報復，卒不言薄其女。

校註

一、本文據《太平廣記》卷二百四十二及商裕《舊小說》卷六《紀聞校錄》予以為段，並加注標點符號。

二、「唐」字係《廣字》編者後加，括弧中字係注釋者所加，以求文氣之通順。

三、括弧中字乃編者後加，以使文氣較順。

註釋

❶臨濟令李回——臨濟，縣名，令，一縣之長。即今之縣長。

❷盧州長史——盧州，轄四縣，在今之安徽。唐地方採州、縣二級制，府、都督府，都是州的別稱。州之長官為刺史。上州刺史從三品，中，正四品上。下，正四品下，長史官為刺史之貳。

❸全節縣——全節、臨濟，似係鄰縣，是以張長史才會弄錯。（吏）「方問何人」這句話的主詞應該是鞭打張長史的全節縣吏。但若不加入「吏」，主詞到似係張長史了。

❹罵仍恣肆——仍然恣意的罵。肆、放肆、恣意。

❺寘之館——寘，音ㄓˋ，同置。全節縣令知道弄錯了，把張長史處之客館中，而且請醫生為張因鞭而受傷之處診治。

❻回遂至郡訴之——臨濟縣令李回遂到郡衙，向長官郡之太守告全節令趙子餘。

❼使出錢二十萬遺張長史和之——郡守讓全節令賠償張長史二十萬錢，算是和解。

四十、張守信

唐張守信為餘抗太守，善富陽尉張瑤。假借之，瑤不知其故，則使錄事參軍張遇，達意於瑤，將妻之以女，瑤喜。吉期有日矣，然私相聞也，郡縣未知之。

守信為女具衣服。女之保母問曰：「欲以女適何人？」守信以告。

保母曰：「女婿姓張，不知主君之女何姓？吾竊惑焉！」

守信乃悟，亟止之。

校志

一、本文據《廣記》卷二百四十二校錄。

二、本文與四十一〈李睍〉意旨相同。即「同姓不通婚。」

四十一、李睍

唐殿中侍御史李逢年，自左遷後，稍進漢州雒縣令，逢年有吏才，蜀之採訪使，常委以推按焉。

逢年妻，中丞鄭昉之女也，情志不合，去之，及在蜀城，謂益府戶曹李睍曰：「逢年家無內主，蕩落難堪，兒女長成，理須婚娶，弟既相狎，幸為逢年求一妻焉，此都官寮女之與妹，縱再醮者，亦可論之，幸留意焉。」

睍曰：「諾。」復又訪之於睍。睍、率略人也。乃造逢年曰：「兵曹李札甚名家也。札妹甚美，聞於蜀城，曾適元氏，夫尋卒。資裝亦厚，從婢且二十人，兄能娶之乎？」逢年許之，令睍報李札，札自造逢年謝。

明日請至宅。其夜逢年喜，寢未曙而興，嚴飾畢，顧步階除。而獨言曰：「李札之妹，門地若斯，雖曾適人，年幼且美，家又富貴，何幸如之。」言再三，忽驚難曰：「李睍過矣，又誤於人。今所論親，為復何姓？怪哉！」因策馬到府庭。

李晛進曰：「兄今日過札妹乎？」逢年不應。晛曰：「事變矣。」逢年曰：「君思札妹乎？為復何姓？」晛驚而退。遇李札，札曰：「侍御今日見過乎？已為地矣。」晛曰：「吾大誤耳。但知求好壻，都不思其姓氏。」札大驚，惋恨之。

校志

一、本文據《廣記》卷二百四十二暨商務舊小說《紀聞》校錄。

二、古來同姓不婚，李逢年和李晛之妹成婚，有背習俗。

三、第三段商務本「曾適元民莫」，〈廣記〉「曾適元氏」《廣記》為是。

四十二、張藏用

唐青州臨朐丞❶張藏用，性既魯鈍，又弱於神❷嘗召一木匠，十召不至，藏用大怒。使擒之，匠既到，適會鄰縣令使人送書遺藏用，藏用方怒解，木匠又走，讀書畢，便令剝送書者，笞之至十。

送書人謝杖請曰：「某為明府送書，縱書人之意忤明府，使者何罪？」

藏用乃知其誤。謝曰：「適怒匠人，不意誤笞君耳。」命里正取飲一器，以飲送書人，而別更視事。忽見里正，指酒問曰：「此中何物？」

里正曰：「酒。」

藏用曰：「何妨飲之。」里正拜而飲之。

用遂入戶，送書者竟不得酒，扶杖而歸。

校志

一、本文據《太平廣記》卷二四三暨商務《舊小說》卷六《紀聞》校錄，予以分段，並加註標點符號。

二、「唐」字係《廣記》編者所添加。

註釋

❶青州臨朐丞——青州在今山東，臨朐為其所轄縣。丞、縣令之下為丞。

❷性既魯鈍，又弱於神——其人笨，而不專注，俗謂失神。

四十三、李邕

唐江夏李邕之為海州也❶，日本國使至海州，凡五百人，載國信，有十船，珍貨數百萬，邕見之，舍於館，厚給所湏，禁其出入，夜中盡取所載，而沉其船。既明，諷所館人白云：「昨夜海潮大至，日本國船盡漂失，不知所在！」於是以其事奏之，敕下邕，令造船十艘，善水者五百人，送日本使至其國。

邕既具舟及水工，使者未發，水工辭邕。邕曰：「日本路遙海中，風浪安能卻返？前路任汝便宜從事。」

送人喜行數日，知其無備，夜盡殺之，遂歸。

邕又好客，養亡命數百人，所在攻劫。事露則殺之。後竟不得死。且坐其酷濫也。

校志

一、本文據《太平廣記》卷二四三暨商務《舊小說》卷六《紀聞》校錄。

二、卷首「唐」字係《廣記》編者所添加。

註釋

❶江夏李邕之為海州也——江夏人李邕為海州長官，即刺史。江夏，今湖北武昌。海州，今江蘇東海縣南之地。

四十四、牛應貞（牛肅女）

長女曰牛應貞。適弘農楊唐源。少而聰穎，經耳必誦。年十三，凡誦佛經二百餘卷。儒書子史又數百餘卷，親族驚異之。

初，應貞未讀左傳，方擬授之，而夜初眠中，忽誦春秋。起「惠公元妃孟子卒，終智伯貪而愎，故韓魏反而喪之。」凡三十卷，一字無遺。天曉而畢。

當誦時，若有教之者，或相酬和。後遂學窮三教，博涉多能。每夜中眠熟，與文人談論，文人皆古之知名者，往來答難。或稱王弼、鄭玄、王衍、陸機，辯論烽起，或論文章，談名理，往往數夜不已。年二十四而卒。

今採其文〈魍魎問影賦〉著于篇。

其序曰：「庚辰歲，予嬰沈痛之疾，不起者十句。毀頓精神，羸悴形體，藥物救療，有加無瘳。感莊子有魍魎責影之義，故假之為賦，庶解疾焉。魍魎問於予影曰：『君英達之人，聰明之子，學包六藝，文兼百氏。隨道家之秘言，探釋部之幽旨。既虔恭於中饋，又希慕於前史。不矯枉以干名，不毀物而成己。伊淑德之如此，即精神之足恃。何故羸厥姿貌，沮其精神，煩冤枕席，憔悴衣巾？子惟形兮是寄，形與子兮相親。何不誨之以崇德，而教之以自倫？異萊妻之樂道，殊鴻婦之安貧？豈痼疾而無生賴，將微賤而欲忘身？今節變歲移，臘終春首，照晴光於郊甸，動喧氣於梅柳，水解凍而繞軒，風扇和而入牖。固可蠲憂釋疾，怡神養壽。何默爾無營，自貽伊咎？』僕於是勃然而應曰：『子居於無人之域，遊乎魑魅之鄉。形既圖於夏鼎，名又著於蒙莊。何所見之不博？何所談之不長？夫影依日而生，像因人而見。豈言談之足曉？何節物之能辨？隨晦明以興滅，逐形骸以遷變。以愚夫畏影，而蒙鄙之性以彰；智者視陰，而遲暮之心可見。伊美惡兮由己，影何辜而遇譴。且予閑至道之精窈兮冥，至道之極昏兮默。達人委性命之修短，君子任時運之通塞。悔吝不能纏，榮耀不能惑。喪之不以為喪，得之不以為得。君子何乃怒予之不賞芳春，責予之不貴華飾？且吾之秉操，奚子智之能測？』言未卒，魍魎惕然而驚，歎而起曰：『僕生於絕域之外，長於荒遐之境。未曉智者之處身，是以造君而問影。既談玄之至妙，請終身以藏屏。』」

初，應貞夢製書而食之，每夢食數十卷，則文體一變，如是非一，遂工為賦頌。文名曰遺芳。

校志

一、本文據《太平廣記》卷二百七十一與世界《唐人傳奇小說》《紀聞》部校錄，予以分段，並加註標點符號。

二、廣記標題為「牛肅女」，明人《五朝小說》標題為「牛應貞傳」。

三、三段一行世界本作「若不教之者」，廣記作「若有教之者」廣記較通順，因據以改正。

四十五、北山道者

唐張守珪之鎮范陽❶，檀州密雲令❷有女，年十七，姿色絕人。女病踰年，醫不愈。密雲北山中有道者，衣黃衣，在山數百年。稱有道術。令自至山請之。道人既至，與之方，女病立已。令喜，厚其貨財。

居月餘，女夜臥，有人與之寢而私焉。其人每至，女則昏厭，及明人去，女復如常。如是數夕，女懼告母，母以告令。乃移床近己。

夜而伺之，覺床動，掩焉。擒一人，遽命燈至，乃北山道者，令縛而訊之。

道者泣曰：「吾命當終，被惑乃爾。吾居北山六百餘載，未常到人間。吾今垂千歲矣，昨蒙召殷勤，所以到縣，及見公女，竟大悅之。自抑不可，於是往來。吾有道術，常晝日能隱其形。所以家人不見。今遇此厄，夫復何言！」令竟殺之。

校志

一、本文據《廣記》卷二百八十五與商務《舊小說》卷六《紀聞》校錄。

二、卷首「唐」字係《廣記》編者添加。

註釋

❶張守珪之鎮范楊——唐天寶中置范陽節度使，轄今河北宛平，大興，昌平，房山，安次，寶坻等縣。張守珪曾任范陽節度使。

❷檀州密雲令——檀州，今河北省密雲縣之地，令，縣官。

四十六、聖姑

吳興❶郡界首，有洞庭山。山中聖姑祠廟在焉。

《吳志》曰：「姑姓李氏，有道術，能履水行。其夫怒而殺之。」自死至今，向七百歲，而顏貌如生，儼然側臥。遠近祈禱者，心至則能到廟。心若不至，風回其船，無得達者。今每月一日沐浴，為祭爪甲。每日粧飾之，其形質柔弱，只如寢者，蓋得道歟。

校志

一、本文據《廣記》卷二百九十三交錄。

二、本文簡短無劇情，類似志怪。

註釋

❶吳興——今浙江吳興縣。

四十七、食羊人

開元末，有人好食羊頭者，常晨出❶，有怪在門焉，羊頭人身，衣冠甚偉，告其人曰：「吾未之神也。其屬在羊。吾以汝好食羊頭，故來求汝。輟食則已。若不爾，吾將殺之。」其人大懼，遂不復食。

校志

一、本文據《廣記》卷三百一校錄，予以分段，並加註標點符號。

二、此文近於志怪，不類傳奇。

註釋

❶常晨出——「常」在此是「嘗」的意思。曾經。

四十八、韓光祚

桃林❶令韓光祚。攜家之官❷。途經華山廟。下車謁之。入廟門。而愛妾暴死。令巫請之。巫言。「三郎好汝妾。既請且免。至縣當取。」

光祚至縣。乃召金工。為妾鑄金為觀世音菩薩像。然不之告。五日。暴卒。半日方活。云：「適華山府君。備車騎見迎。出門。有一僧。金色。遮其前。車騎不敢過。曰：『且留。更三日迎之。』」

光祚知其故。又以錢一千。圖菩薩像。如期又死。有頃乃蘇曰。「適又見迎乃有二僧在。未及登軍。神曰：『未可取。更三日取之。』」光祚又以千錢召金工。令列造像。工以錢出縣。遇人執豬。將烹之。工愍焉。盡以其錢贖之。像未之造也。而妾又死。俄即蘇曰：「已免矣。適又見迎。車騎轉盛。二僧守其門。不得入。有豪豬大如馬。衝其騎。所向顛仆。車騎卻走。神傳言曰：『更勿取之。』於是散去。」

光祚怪何得有豬拒之。金工乃言其故。由是益信內教❸。

校志

一、本文據《太平廣記》卷三百三校錄。

註釋

❶桃林——今河南靈寶縣。

❷攜家之官——攜家赴任。

❸由是益信內教——由此更加信奉佛教。

四十九、宣州司戶❶

吳俗畏鬼❷，每州縣必有城隍神。

開元末❸，宣州司戶卒，引見城隍神。神所居重深，殿宇崇峻，侍衛甲仗嚴肅。

司戶既入，府君問其生平行事。司戶自承無罪，枉見錄。

府君曰：「然。當令君去。君頗相識否？」

司戶曰：「鄙人淺陋，實未識。」

府君曰；「吾即晉宣城內史桓彝❹也，為是神管郡耳。」

司戶既蘇言之。

校志

一、本文據《廣記》卷三百三校錄。

註釋

❶宣州司戶——宣州，唐宣州，即今之宣城。在安徽省。司戶，縣中小官，有如今之科員。

❷吳俗畏鬼——吳，今江蘇一帶地方。

❸開元末——開元，唐宣寶年號，共二十九年自西元七一三至七四一年。

❹桓彝——晉龍亢人。有人倫鑒，縱平王敦，補宣城內史。有惠政。蘇竣反，彝引兵赴難，固守涇縣經年。城破被害。宣城、今安徽宣城縣。

五十、明崇儼

唐正諫大夫明崇儼，少時，父為縣令，縣之門卒有道術，儼求教，教以見鬼方，兼役使之術，（卒）遺書兩卷，儼閱之，書、人名也。儼於野外獨處—按而呼之，皆應曰：「唯。」見數百人。於是，每須役使，則呼其名，無不立至者。

儼嘗行，見名流將合祔二親者❶，輒東❷已出郊，儼隨而行。召其家人謂曰：「汝主君合葬二親爾？」

曰：「然。」

曰：「汝取靈柩，得無誤發他人家爾？」

曰：「無。」

儼曰；「吾前見紫車，後有天人，年五十餘，長大名家婦也，而後有一鬼，年甚壯，寡髮弊衣，距躍大喜，而隨夫人。夫人泣而怒曰：『合葬何謂也？汝試以吾言白汝主君，方明正諫有言如此。』」

祔親者聞之大驚。泣而謂儼曰：吾幼失父，昨遷葬，「使老豎❸取之，不知乃誤如此！」崇儼乃與至發墓所，命開近而抉。按銘記，果得之。乃棄他人之骨，而祔其先人。儼在內言事，及人問厭勝至多，備述人口。故不贅述。

校志

一、本文據《太平廣記》卷三百二十八暨商務《舊小說》卷六《紀聞》校錄。

註釋

❶合祔二親——父母有先亡後亡者。將父母親的棺木合葬一穴內，謂之祔葬。

❷輀車——喪車。輀音ㄦˊ。

❸老豎——老傭人。

五十一、巴峽人

調露[1]年中，有人行於巴峽，夜泊舟。忽聞有人朗吟詩曰：「秋逕填黃葉[2]，寒摧露草根[3]。猿聲一叫斷，客淚數重痕。」其聲甚厲，激昂而悲。如是通宵，凡吟數十遍。初聞，以為舟行者未之寢也。曉訪之，而忽無舟船。但空山石泉，谿谷幽絕。詠詩處有人骨一具。

校志

一、本文據《太平廣記》卷三百二十八校錄。

註釋

❶調露——唐高宗年號，共一年，當西元六七九年。

❷秋逕填黃葉——逕、徑，秋天小路上滿是黃葉。

❸寒摧露草根——深秋寒氣，把露在土外的草根都給摧毀了，此文雖字數不多，這首詩卻甚有遊子悲歎的恨苦。

五十二、相州❶刺史

唐王道堅為相州刺史。州人造版籍❷畢則失之。後於州室梁間散得之。籍皆中截為短卷。遂不用矣，棄之。

又有李使君在州，明早將祀社❸，夜潔齋，臥於廳事。夢其父母盡來迎己。覺而惡之。具告其妻，因疾，數日卒。

朱希玉為刺史，宅西院桓閉之，希玉退衙，忽一人紫服❹，載高髻，乘馬直入。二蒼頭❺亦乘導之。至閤乃下。直吏以為親姐家通信也，從而視之。其人正服涂行，直入中院。院門為之開。入已復閉。乃索蒼頭及馬，皆無之。走白希玉。希玉令開中院，但見四週除掃甚潔。帳幄圍匝，施設粲然。華筵廣座，殺饌窮極水陸，數十人食具器物，盡金銀也。希立見之大驚。乃酌酒酹之❻以祈福，遂出，閉其門。

明日更開，則如舊矣。室宇封閉，草蔓荒涼。

二年而希玉卒。

校志

一、本文據《太平廣記》卷三百二十九校錄

註釋

❶相州——今河南省安陽縣。

❷版籍——書籍，版圖與戶籍。未知孰是。

❸祀社——祭祀土地神。故前一日齋戒沐浴，睡于廳事中。

❹紫服——唐代，三品官才能穿紫服，表示高官宰相的朝服即是紫色。

❺蒼頭——僕人。

❻酹酒酹之——以酒沃地祭神曰酹。

五十三、僧韜光

青龍寺僧和眾、韜光，相與友善。韜光富平❶人，將歸，謂和眾曰：「吾三數月不離家，師若行，必訪我。」和眾許之。逾兩月餘，和眾往中都，道出富平，因尋韜光。

和眾日暮至。離居尚遠，而韜光來迎之曰：「勞師相尋，特來迎候。」與行里餘，將到家，謂和眾曰：「北去即是吾家，故但入須我。我有少務，要至村東，少選當還。」言已東去。

和眾怪之。竊言曰：「彼來迎候何預知也？欲到家捨吾何無情也。」至其家扣門，韜光父哭而出曰：「韜光師不幸亡來十日，殯在村東北。常言師欲來，恨不奉見。」

和眾弔唁畢，父引入於韜光常所居房舍。和眾謂韜光父曰：「吾適至村而韜光師自迎吾來，相與談話里餘，欲到，指示吾家而東去，云要至村東，少間當返，吾都不知是鬼。適見父，方知之。」

韜光父母驚謂和眾曰：「彼既許來，來當執之，吾欲見也。」

於是夜久韜光復來。入房謂和眾曰：「貧居客來無以供給。」和眾請同坐，因執之叫，呼其父與家人並至，秉燭照之，形言皆韜光也，納之瓮中，以盆覆之❷。

瓮中忽哀訴曰：「吾非韜光師，乃守墓人也。知師與韜光師善，故假為之。如不相煩，可恕造次，放吾還也。」其家不開之，瓮中祈請轉苦，日出後，卻覆❸，如鷲飄飛去，而和眾亦還，後不復見焉。

校志

一、本文據《太平廣記》卷三三〇及商務《舊小說》卷六《紀聞》校錄。

二、第二段「和眾在中都」，別本「往中都」，以「往」字為是。

註釋

❶富平——屬陝西省西安府轄。

❷納之瓮中，以盆覆之——把僧韜光裝進大瓦缸裏，把盆子蓋住缸口。

❸日出後，卻覆——太陽出來後，把覆豐（的盆子）去掉（卻）。

五十四、僧儀光

青龍禪師儀光，行業至高❶。開元十五年❷，有朝士妻喪，請之至家修福。師住其家數日，居於廡前，大申供養。

俗每人死謁巫，即言其殺出入，必有妨礙，死家多出避之。❸

其夜，朝士家皆出北門潛去，不告師。師但於堂明燈下誦經。忽見有二人侍之。

夜將半，忽聞堂中人起，取衣開門聲。有一婦人出堂，便往廚中營食，汲水吹火。師以為家人。不之怪也。

及將曙，婦人進食，捧盤來前。獨帶面衣，徒跣❹。再拜言曰：「勞師降臨。今夜人總出，恐齋粥失時，弟子故起，為師造之。」

師知是亡人，乃受其獻。方祝，祝未畢，聞開堂北戶聲。婦人惶遽曰：「兒子來矣！」因奔赴堂外。則聞哭。哭畢，家人謁師。問安焉。

見盤中粥，問師界弟子等夜來寔避殃禍，不令師知，家中無人，此粥誰所造？」師笑不答。

堂內青衣驚曰：「亡者夜來屍忽橫臥，手有麵汙，足又染泥，何謂也？」師乃指所造粥以示之。其家驚異焉。

校志

一、本文據《太平廣記》卷三三〇校錄。

註釋

❶青龍禪師儀光，行業至高——比丘（和尚）能得禪定被羅密者曰禪師，行業高，謂道行高。

❷開元十五年——開元唐玄宗年號，共二十九年，自西元七一三至七四二年。

❸第二段——人死後，每七天為一單位，稱頭七，至七七。逢幾七會有煞，通常巫人能道，其日回煞，全家人必遠出避之。

❹帶面衣，徒跣——面衣，西人所謂面紗。徒跣，打赤足。

五十五、尼員智

廣敬寺尼員智，嘗與同侶，於絡南山中結夏❶。

夏夜月明下，有哭而來者，其聲雄大，甚悲。既至，乃一人，長八尺餘，立於廬前，聲不輟，遂至夜半，聲甚嗚咽，涕淚橫流。尼等執心正念不懼，而哭者竟不言而去。

校志

一、本文據《太平廣記》卷三百三十校錄，予以分段，並加註標點符號。

註釋

❶結夏——佛家語，謂行夏安居，有如今之避暑，《荊楚歲時記》云：「四月十五日，天下僧尼就禪舍掛搭，謂之結夏。」《夢粱錄》云：「四月十五日結制，謂之結夏。佛殿起楞嚴會，每日晨夕，各寺僧行持誦經呪。自此有九十日，安單辦道。」

五十六、洛陽鬼兵

貞元二十三年❶，夏六月，帝在東京，百姓相驚以鬼兵。皆奔走不知所在。或自慟擊破傷，其鬼兵初過于洛水之南，坊市喧喧。漸至水北，聞其過時，空中如數千萬騎甲兵。人馬嘈嘈有聲。俄而過盡。每夜過，至於再，至於三。帝惡之，使巫祝禳厭，每夜於洛水濱設飲食。嘗讀《北齊書》，亦有此事。天寶中，晉陽云有鬼兵。百姓競擊銅鐵以畏之。皆不久喪也。

校志

一、本文據《太平廣記》卷三三一號錄，予以分段，並加註標點符號。

二、貞元係唐德宗年號，只二十年，自西元七八五至八〇四年。「貞元」可能是「開元」之誤。「開元」係玄宗年號，共二十九年。

註釋

❶貞元二十三年——見校志二。

五十七、道德里書生

唐東都道德里有一書生，日晚行至中橋，遇貴人部從，車馬甚盛，見書生，呼與語，令從後。

有貴主，年二十餘，豐姿絕世，與書生語不輟，因而南去長夏門，遂至龍門。入一甲第。華堂蘭室，召書生，賜珍饌。因與寢。

夜過半，書生覺，見所臥處，乃石窟，前有一死婦人，身王洪漲。月光照之，穢不可聞。書生乃履危攀石，僅能出焉，曉至香山寺，為僧說之。僧送（書生）還家，數日而死。

校志

一、本文據《太平廣記》卷三百三十一校錄。

五十八、楊溥

豫章❶諸縣，盡出良材。求利者採之，將至廣陵❷，利則數倍。天寶五載，有楊溥者，與數人入林求木。冬夕雪飛，山深寄宿無處。有大木橫臥，其中空焉。可容數人。乃入中同宿。而溥者未眠時，向山林再拜呪曰：「士田公，今夜寄眠，願見護助。」如是三請而後寢。

夜深雪甚，近南樹下，忽有人呼曰：「張禮！」

樹頭有人應曰：「諾。」

「今夜北村嫁女有酒食，相與去來。」

樹頭人曰：「有客在，須守至明。若去，黑狗子無知，恐傷人命。」

樹下又說：「雪寒若是，且求飲食，理須同去。」

樹上又曰：「雪寒雖甚，已受其請，理不可行。須防黑狗子。」

呼者乃去。

及明裝畢，撤所臣氈，有黑虺❸在下，其大若瓶，長三尺，而蟄不動。方驚駭焉。

校志

一、本文據《太平廣記》卷三百三十一校錄。

二、第五段「恐傷人命」，他本作「恐狎不宥」。我們以為：「恐傷人命」較順。

註釋

❶豫章——今江西省之地。

❷將至廣陵——廣陵，今之揚州。將之廣陵，送到廣陵。

❸黑虺——黑蛇。

五十九、薛直

勝州都督薛直❶，丞相納之子也，好殺伐，不知鬼神，直在州，行縣還歸❷，去州二驛，逢友人自京來謁，直延入驛廳命食，友人未食先祭。

直曰：「出此食謂何？」

友人曰：「佛經云，有曠野鬼，食人血肉。佛往化之，令其不殺，故制此戒。又俗所傳每食先施，得壽長命。」

直曰：「公大妄誕，何處有佛？何者是鬼？俗人相誑，愚者雷同，智者不惑。公蓋俗人耳。」

言未久，空中有聲云：「薛直汝大狂愚，寧知無佛，寧知無鬼來禍於君，命終必不見妻子，當死於此，何言妄耶？」

直聞之大驚，趨下再拜謝曰：「鄙人蒙固不知有神神其誨之。」

空中又言曰：「汝命盡午時。當急返。得與妻孥相見。爾，殯越於此矣！」

直大恐，與友人馳赴郡。行一驛，直入廳休偃。從者皆休，忽見直去，從者百餘人，皆左右從人。驛吏入戶，已死矣。於是驛報其家。直已先至家。呼妻與別曰：「吾已死北驛，身在。今是鬼。恐不得面訣，故此暫來。」執妻子之手，但言「努力。」後乘馬出門，奄然而歿❸。

校志

一、本文據《廣記》卷三三一暨商務《舊小說》卷六《紀聞》校錄。

註釋

❶勝州都督薛直——勝州有今綏遠省托克托，薩拉齊二縣和蒙古鄂爾多斯左翼，茂明安二旗地。唐地方官制，採州，縣二級。州上有道，道的首長為採訪使，管二三州乃至十來州。司監察各州之責。邊遠地區設都督府，都督諸州軍事。

❷行縣還歸——視察各縣後還歸。

❸奄然而歿——忽然死了。

六十、茹子顏

吳人茹子顏以明經為雙流尉❶，頗有才識，善醫方，由是朝賢多識之。子顏好京兆府博士，及還，請為之，既拜，常在朝貴家，及歸學，車馬不絕。

子顏之婭❷張虛儀選授梓州通泉尉❸，家貧不能與其妻行，仍有債數萬，請子顏保。虛儀去後，兩月餘，子顏夜坐，忽簷間語曰：「吾通泉尉張虛儀也，到縣數日亡，今吾柩還，已發縣矣。吾平生與君特善。赴任日，又債負累君，吾今亡，家又貧匱，進退相擾，深覺厚顏！」

子顏問曰：「君何日當至京，吾使人迎候。」鬼乃具言發時日，且求食，子顏命食於坐，談笑如故，至期，喪果至，子顏為之召債家而歸其負。鬼又旦夕來謝恩，其言甚懇，月餘而絕，子顏亦不以介意，數旬子顏亦死。

校志

一、本文據《太平廣記》卷三三二暨商務《舊小說》卷六《紀聞》校錄，予以分段，並加註標點符號。

註釋

❶以明經為雙流尉——考取了明經，經分派任雙流尉，唐代以進士為貴，次為明經，通常禮部試及格後，經吏部的所謂，釋褐試，大都以縣尉任用。雙流，今四川雙流縣。

❷婭——音ㄧㄚˇ，連襟。姊妹的丈夫稱連襟。

❸梓州通泉尉——梓州治在今四川省三台縣。

六十一、季攸

天寶初，會稽主簿季攸❶，有女二人，及攜外甥孤女之官，有求之者，則嫁己女，己女盡而不及甥，甥恨之。因結怨而死，殯之東郊。

經數月，所給主簿市胥吏姓楊，大族子也，家甚富，貌且美，其家忽失胥，推尋不得，意其為魅所惑也，則於墟墓訪之。

時大雪，而女殯室有衣裾出，胥家人引之，則聞屋內胥叫聲，而殯宮中甚完，不知從何入。遽告主簿。主簿使發其棺，女在棺中，與胥同寢，女貌如生，其家乃出胥，復修殯屋。胥既出，如愚數日方愈，女則不直於主簿曰：「吾恨舅不嫁，惟憐己女，不知有吾，故氣結死。今神道使吾嫁與市吏，故輒引與之同衾，既此邑已知，理須見嫁，後月一日，可合婚姻，惟舅不以胥吏見期，而違神道，請即知聞，受其所聘，仍待以女壻禮，至月一日，當具飲食，吾迎楊郎，望伏所請焉。」

主簿驚歎，乃召胥令問名。楊胥於是納錢數萬。其父母皆會焉，攸乃為外甥女造作衣裳帷帳，至月一日，又造饌大會楊氏。鬼又言曰：「蒙恩許嫁，不勝其喜。今日故此親迎楊郎。」言畢，胥暴卒，乃設冥婚禮，厚加棺殮，合葬於東郊。

校志

一、本文據《太平廣記》卷三百三十三與商務《舊小說》卷六《紀聞》校錄，予以分段，並加註標點符號。

二、《廣記》載刊「鬼」的文字甚多。本文敘鬼使生人入墓中同衾，而後重回陽世，完成婚嫁之後，婿即暴卒，而後同殯一墳中。實在不經之至。然而，小說家言，不必認真。

註釋

❶天寶初，會稽主簿季攸——玄宗天寶年，共十四年，自西元七四二至七五五年。會稽、今浙江紹興，主簿、縣令之下為縣丞（副縣長），丞之下為主簿，有如今日之主任秘書。

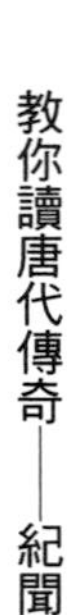

六十二、刁緬

宣城太守刁緬❶，本以武進❷。初為玉門軍使，有廁神形見外廄❸。形如大豬，遍體皆有眼。出入溷中❹，遊行院內。

緬時不在，如是數日，官吏兵卒，見者千餘人。

緬歸，祭以祈福，廁神乃滅。

緬旬日遷伊州刺史，又改左衛率右驍衛將軍在羽林將軍，遂貴矣。

校志

一、本文據《廣記》卷三百三十三校錄。

註釋

❶宣城太守刁緬——今安徽省宣城縣，唐高祖武德年間改郡為州，州置刺史。玄宗天寶年間改州為郡，郡置太守。肅宗乾元元年又改郡為州，州置刺史。

❷本以武進——出身武官。

❸廄——馬舍也。

❹出入溷中——溷、音ㄏㄨㄣˋ。廁所。

六十三、王無有

楚邱主簿王無有❶，新娶妻，美而妬。無有疾，將如廁，而難獨行。欲與侍婢俱，妻不可。無有至廁，於垣穴中，見人背坐，色黑且壯。無有以為役夫，不之怪也。頃之，此人迴顧，深目巨鼻，虎口烏爪。謂無有曰：「盍與予鞋❷。」無有驚，未及應，怪自穴引手直取其鞋口咀之，鞋中血見，如食肉狀，遂盡之。❸無有恐，走告其妻。且尤之❹曰：「僕❺有疾如廁雖一婢相送，君適固拒。果遇妖怪，奈何？」

婦猶不信，乃同觀之。無有坐廁，怪又見。奪餘一鞋咀之。妻恐，扶無有還。他日，無有至後院，怪又見，語無有曰：「吾歸汝鞋」因投其傍，鞋並無傷，無有請巫解奏鬼復謂巫：「王主簿祿盡，餘百日壽。不速歸死於此」。無有遂歸鄉，如期而卒。

校志

一、本文據《太平廣記》卷三三三暨商務《舊小說》卷六《紀聞》校錄，予以分段，並加註標點符號。

註釋

❶楚邱主簿王無有——楚邱、今山東省曹縣東南之地。主簿、縣令之下，有縣丞、主簿、縣尉等官。

❷盍與予鞋——盍、何不。何不把鞋子給我。

❸「口咀之」四句——咀、音矩、咀嚼，把鞋子當肉一樣吃，鞋子居然有血，於是吃完了。

❹尤之——怨恨他太太。

❺僕——我。日本唐時派學生到中原學，至今自稱為「僕」。稱對方為「君」。

六十四、王昇

吳郡❶陸望，寄居河內❷。表弟王昇，與望居相近。晨謁望，行至莊南，故村人楊侃宅籬間，忽見物，兩手據廁，大耳深目。虎鼻豬牙，面色紫而編爛❸。直視于昇。（昇）懼而走，見望言之。

望曰：「吾聞見廁神無不立死！汝其勉之。」

昇意大惡。及還即死。

校志

一、本文據《太平廣記》卷三百三十三校錄。

二、有許多「神」，都是唐代小說「發明」出來的。如主管天下婚姻的「月下老人」（見《定婚店》。此文與〈刁緬〉都是說的「廁神」。《西遊記》中的齊天大聖孫悟空，作者的靈感可能來自李公佐的〈古嶽瀆經〉。

註釋

❶吳郡——今蘇州。
❷河內——今河南懷慶。
❸面色紫而媥爛——此處有誤。

六十五、陳希烈❶

陳希烈為相，家有鬼焉。或詠詩，或歡呼，聲甚微細激切。而歷歷可聽。家人問之曰：「汝何人而在此？」鬼曰：「吾此中遊戲，遊畢當去。」或索衣服，或求飲食，得之即去，不得即罵。如此數朝。後忽談經史，鬼甚博覽。家人呼希烈姪婿司直季履濟令與鬼談。（鬼）謂履濟曰：「吾因行，故於此戲。聞君特諭，今日豁然。有事當去。君好住。」因去。

校志

一、本文據《廣記》卷三百三十五校錄，予分段，並加註標點符號。

註釋

❶陳希烈——宋州人，開元左相。《舊唐書》見附〈張說傳〉，《新唐書》列入〈姦臣傳〉附〈李林甫傳〉後。

六十六、牛成

京城東南五十里，曰孝義坊，坊之西原，常有怪。

開元二十九年，牛肅之弟成，因往孝義。晨至四原，遇村人任杲，與言，忽見其東五百步，有黑氣如輀車❶，凡十餘。其首者高二三丈，餘各丈餘，自北徂南，將至原窮，又自北徂南，累累相從❷。日出後，行轉急，或出或沒，日漸高，皆失。

杲曰：「此處常然，蓋不足怪。數月前，有飛騎❸者，番滿南歸❹。忽見空中有物，如角馱之像，飛騎刀刺之，角馱湧出為人，身長丈餘，而逐飛騎。飛騎走，且射之，中。怪遂少留，又來踵，飛騎又射之，乃止。既明，尋所射處，地皆有血。不見怪，因遇疾，還家，數日而卒。」

註釋

❶轜——音而，喪車。

❷自北徂南，累累相從——徂，往也。自北往南走連綿相從。

❸飛騎——唐貞觀十六年，始買左右屯營於玄武門，領以諸衛將軍號飛騎。

❹番滿南歸——番、輪番。輪值，因更代而南歸。

六十七、張翰

右鑑門衛錄事參軍張翰，有親故妻。天寶初，生子。方收所生男，更有一無首孩子，在傍跳躍。攬之則不見，手去則復在左右，按白澤圖曰：「其名曰常。」依圖呼名，至三呼，奄然已滅❶。

註釋

❶奄然已滅——忽然不見了。

六十八、南鄭縣尉

南鄭縣尉孫旻，為山南採訪支使。尋椎覆在途，舍於山館。忽有美婦人面，出於柱中，顧旻而笑。旻拜而祈之，良久方滅，懼不敢言也。後數年，選授桑泉尉，在京遇疾，友人問疾，旻乃言之而卒。

校志

一、以上六十六到六十八，三篇據《太平廣記》卷三百六十一校錄。

六十九、長孫繹

長孫繹之親曰鄭使君，使君帷二子，甚愛之。子年十五，鄭方典郡，常使蒼頭十餘人給其役。夜中，蒼頭皆食。子獨坐，忽聞戶東有物行來，履地聲甚重，每移步殷然❶。俄到戶前，遂至牀下。乃一鐵小兒也，長三尺，至巃壯，朱目大口。謂使君子曰：「嘻，阿母呼，令吮乳來❷。」子驚叫，跳入戶。蒼頭既見，遽報使君，使君命十餘人，持棒擊之。如擊石，涂而下堦，望門南出，至以刀斧鍛，終不可傷❸。命舉火爇之，火焚其身，則開口大叫，聲如霹靂，聞者震倒。於是以火驅之，既出衙門，舉足驀一車轍❹，遂滅，其家亦無休咎。

註釋

❶殷然——雷聲殷殷。殷，狀聲音之詞。

❷吮乳——吸奶，吃奶。

❸以刀斧鍛，終不可傷——鍛，音ㄉㄨㄢˋ。此字有誤。

❹驀一車轍——驀，超越。此處費解。

七十、韋虛心

戶部尚書韋虛心，有三子，皆不成而死。子每將亡，則有大面出手牀下，嗔目開口，貌如神鬼。子懼而走，大面則化為大鴟❶，以翅遮擁，令自投於井。家人覺，遽出之，已愚，猶能言其所見，數日而死。如是三子皆然，竟不知何鬼怪。

註釋

❶鴟——俗呼鷂鷹。

七十一、裴鏡微

河東裴鏡微，曾友，一武人。其居相近，武人夜還莊。操弓矢，力馳騎。後聞有物近焉，顧而見之，狀大，有類方相❶，口但稱渴。將及武人，武人引弓射，中之，怪乃止。頃又來近，又射之。怪復住，斯須又至。武人遽至家，門已閉，武人躡垣而入。入後，自戶窺之，怪猶在。武人不敢取馬，明早啓門，馬鞍棄在門。馬則無矣，求之數里墓林中，見馬被啗已盡❷，唯骨在焉。

註釋

❶方相——古之像神以逐疫者。送葬亦用之。

❷馬被啗已盡——啗，音ㄉㄢˋ，吃，意謂「馬已被吃盡了」，只餘馬骨。

七十二、李虞

全節李虞，好大馬，少而不逞。父嘗為縣令，處隨之官，為諸慢遊❶。每夜，逃出自竇，從人飲酒。後至竇中，有人背其身，以尻窒穴❷，虞排之不動，以劍刺之，劍沒至鐔❸，猶如故，乃知非人也。懼而歸，又歲暮，野外從禽，禽入墓林。訪之林中，有死人面仰，其身洪脹❹。甚可憎惡。巨鼻大目。挺動其眼。眼仍光起。直視於處。虞驚怖殆死。自是不敢畋獵焉。

註釋

❶慢遊——應為漫遊。

❷以尻窒穴——尻，音ㄎㄠ、俗謂屁股。用屁股把狗竇給塞住了。

❸劍沒至鐔——用劍刺，劍刺進去，直把劍口都沒進去了。意謂已刺得很深了。

❹其身洪脹——洪、大。脹，人死後，屍身開始腐爛，起初會腫漲。

七十三、武德縣婦人

開元二十八年，武德有婦娠，將生男，其姑憂之。為具（具原作共，據明鈔本改）儲糗❶，（糗字原闕，據明鈔本補）。其家窶，有麵數豆，有米一區。及產夕，其夫不在，姑與鄰母同膳之。男既生，姑與鄰母具食。食未至（本至原作至曉，據明鈔本改），婦若（明鈔本若作苦）饑渴，求食不絕聲。姑饋之，盡數人之餐，猶言餒❷。姑又暗升麵進之，婦食食無遺，而益稱不足。姑怒，更為具之。姑出後，房內餅盎❸在焉。婦下牀。親執器，取餅食之。餅又盡，姑還見之，怒且恐，謂鄰母曰：「此婦何為。」母曰：「吾自幼及長，未之見也。」姑方詢怒，新婦曰：「姑無怒（怒字原空闕，據明鈔本補），食兒乃已（已字原闕，據明鈔本補）。」因提其子食之，姑奪之不得，驚而走。俄卻入主戶，婦已食其子盡，口血猶丹，因謂姑曰：「新婦當臥且死，亦無遺。若側，猶可收矣。」言終。仰眠而死。

註釋

❶為具儲糗——糗、熬米麥。乾糧。此處為準備飯食之意。

❷姑饋之，盡數人之餐，猶言餒——婆婆給她飯食，她吃了好幾人份的餐飯，還說餓。餒、餓。

❸餅盎——裝餅的盤子。

七十四、懷州民

開元二十八年，春二月。懷州武德、武陟、修武、三縣人，無故食土，云：「味美異於他土。」先是武德期城村婦人，相與採拾，聚而言曰：「今米貴入饑，若為生活。」有老父，紫衣白馬，從十人來過之。謂婦人曰：「何憂無食，此渠水傍土甚佳，可食，汝試嘗之。」婦人取食，味頗異，遂失老父，乃取其土至家，拌其麵為餅。餅甚香，由是遠近竟取之，渠東西五里，南北十餘步，土並盡。牛肅時在懷，親遇之。

七十五、武德縣民

武德縣逆旅❶家，有人鏁閉其室，寄物一車。如是數十日不還，主人怪之，開視囊，皆人面衣也，懼而閉之。其夕，門自開，所寄囊物，並失所在。

註釋

❶逆旅——旅店。

七十六、張司馬

定州張司馬。開元二十八年夏。中夜與其妻露坐。聞空中有物飛來。其聲䎕䎕然❶。過至堂屋。為瓦所礙。宛轉屋際。遂落簷前。因走。司馬命逐之。逐者以蹴之。乃為狗音。擒得火照。則老狗也。赤面鮮毛。身甚長。足甚短。可一二寸。司馬命焚之。深憂其為怪。月餘。改深州長史。

校志

一、第六十九到七十六，八篇據《太平廣記》卷三百六十二校錄。

二、第六十九到七十六，八篇的主題都是「妖怪」。有故事，沒有人物，情節只可歸之於志怪，實不能稱為「傳奇」。

註釋

❶其聲戢戢然——戢戢，狀聲音之詞。

七十七、竇不疑

武德功臣孫竇不疑❶，為中郎將，告老歸家，家在太原❷，宅於北郭陽曲縣❸。不疑為人，勇有膽力，少而任俠，常結伴十數人，鬥雞走狗，摴蒱一擲數萬，皆以意氣相期。而太原城東北數里，常有道鬼，身長二丈，每陰雨昏黑後多出。人見之，或怖而死，諸少年言曰：「能往射道鬼者。與錢五千。」餘人無言，唯不疑請行，迨昏而往。

衆曰：「此人出城便潛藏，而夜紿❹我以射，其可信乎？盍密隨之。」

不疑既至魅所，鬼正出行，不疑逐而射之。鬼被箭走，不疑追之，凡中三矢，鬼自投於岸下。不疑乃還，諸人笑而迎之，謂不疑曰：「吾恐子潛而紿我，故密隨子，乃知子膽力若此。」因授之財，不疑盡以飲焉。

明日往尋所射岸下，得一方相❺。身則編荊也。（今京中方相編竹太原無竹用荊作之）其傍仍得三矢，自是道鬼遂亡。不疑因從此以雄勇聞。及歸老，七十餘矣。而意氣不衰。

天寶二年冬十月，不疑往陽曲從人飲，飲酣欲返，主苦留之，不疑盡令從者先，獨留所乘馬昏後歸太原。陽曲去州三舍❻，不疑馳還，其間則沙場也。狐狸鬼火叢聚，更無居人，其夜忽見道左右皆為店肆，連延不絕，時月滿雲薄，不疑怪之，俄而店肆轉衆，有諸男女或歌或舞，飲酒作樂，或結伴踏蹄❼。有童子百餘人，圍不疑馬踏蹄，且歌，馬不得行，道有樹，不疑折其柯，長且大，以擊歌者走，而不疑得前，又至逆旅，復見二百餘人，身長且大，衣服甚盛。來繞不疑。踏蹄歌焉，不疑大怒，又以樹柯擊之，長人皆失，不疑恐以所見非常，乃下道馳，將投村野，忽得一處百餘家，屋宇甚盛，不疑叩門求宿，皆寂無人應，雖甚叫擊，人猶不出，村中有廟，不疑入之，繫馬於柱，據階而坐。

時朗月夜，未半有婦人素服靚粧❽，突門而入，直向不疑再拜。問之，婦人曰：「吾見夫壻獨居，故此相偶。」

不疑曰：「孰為夫壻？」

婦人曰：「公即其人也。」

不疑知是魅擊之，婦人乃去。

廳房內有牀，不疑息焉。忽梁間有物墮於其腹，大如盆盎。不疑毆之，則為犬音，不疑自投牀下，物化為火人，長二尺餘，光明照耀。入於壁中，因爾不見。

不疑又出戶，乘馬而去，遂得入林木中憩止，天曉不能去，會其家求而得之，已憩且喪魂矣，舁之還❾，猶說其所見，乃病月餘卒。

校志

一、本文據《太平廣記》卷三十七一暨商務《舊小說》卷六《紀聞》校錄。

註釋

❶武德功臣孫竇不疑——武德、唐高祖年號。功臣、當係唐初助高祖取天下的功臣。

❷太原——今山西太原。

❸陽曲——今山西省太原的東北。

❹紿——騙。

❺方相——以竹編成人樣，送葬時用之。

❻三舍——軍行三十里為一舍。三舍，九十里。

❼踏蹄——有如踏歌。類似今日的踢踏舞。

❽素服靚粧——素服卻豔妝。

❾舁之還——抬回家。舁，音余。

七十八、李彊名妻

隴西李彊名妻，清河崔氏❶，甚美，其一子生七年矣。開元二十二年，彊名為南海丞❷，方暑月，妻因暴疾卒，廣州囂熱❸。死後埋棺於土，其外以墼圍而封之❹，彊名痛其妻夭年而且遠官，哭之甚慟，日夜不絕聲。

數日。妻見夢曰：「吾命未合絕，今帝許我活矣，然吾形已敗，帝命天鼠為吾生肌膚。更十日後，當有大鼠出入墼棺中，即吾當生也，然當封閉門戶，待七七日，當開吾門，出吾身，吾即生矣。」及旦，彊名言之，而其家僕妾夢皆協。

十餘日忽有白鼠數頭，出入殯所，其大如㹠，彊名異之，試發其柩，見妻骨有肉生焉，遍體皆爾，彊名復閉之，積四十八日，其妻又見夢曰：「吾明晨當活，盍出吾身。」

既曉，彊名發之，妻則蘇矣，扶出浴之，妻素美麗人也，及乎再生。則美倍於舊。膚體玉色，倩盼多姿❺，袨服靚粧❻，人間殊絕矣，彊名喜形於色。

時廣州都督唐昭聞之，令其夫人觀焉。於是別駕已下夫人皆從。彊名妻盛服見都督夫人與抗禮，頗受諸夫人拜，薄而觀之，神仙中人也。言語飲食如常人，而少言，衆人訪之，久而一對，若問冥間事，即杜口，雖夫子亦不答，明日，唐都督夫人置饌請至家，諸官夫人皆同觀之，悅其柔姿豔美，皆曰：「目所未睹。」既而別駕長史夫人等，次其日，列筵請之至宅，而都督夫人亦往，如是已二十日矣，出入如人，唯沉靜異於疇日，既彊名使於桂府，七旬乃還，其妻去後為諸家所迎。往來無恙。彊名至數日。妻復言病，病則甚悶。一日遂亡，計其再生，纔百日矣。或曰有物憑焉。

校志

一、本文據《太平廣記》卷三百八十六暨商務《舊小說》卷六《紀聞》校錄。

註釋

❶隴西李彊名妻，清河崔氏——唐重郡姓，隴西與趙郡李氏，清河與博陵二崔氏，太原王氏，范陽盧氏與滎陽鄭氏，五姓七大士族，他們家的女兒，只婚士族，皇室的子孫都不希罕。

❷開元二十二年，疆名為南海丞——玄宗開元共二十九年，二十二年為西元七三四年，南海縣屬廣州府，今廣東南海。丞、縣令之副，有如今日的副縣長。

❸囂熱——囂、不安、喧嘩，熱不可耐。

❹外以墼圍而封之——墼、溝，墳外以溝圍起來。

❺倩盼多姿——顧盼生姿。

❻袨服靚粧——袨服盛服，靚粧，謂脂粉之粧飾也。

七十九、趙冬羲

華陰❶太守❷趙冬羲，先人壟在鼓城縣❸。天寶初，將合附焉。啓其父墓，而樹根滋蔓，圍繞父棺。懸之於空。遂不敢發。以母柩置於其傍。封墓而返。宣城太守刁緬，改葬二親，緬亦納母棺於其側，封焉。後門緒昌盛也。冬羲兄弟七人，皆秀才。有名當世。四人至二千石，緬三為將軍，門施長戟❹。開元二十年，萬年有人。父歿後，家漸富，遂葬母，父棺亦為（樹根）縈繞❺，不可解。其人遂刀斷之，根皆流血。遂以葬。既而家道漸衰，死亡俱盡。

校志

一、本人據《太平廣記》卷三百九十校錄。

註釋

❶華陰——陝西華陰縣。以其在華山之北，故名。

❷太守——玄宗天寶年間，改州為郡，郡置太守，他兒子肅宗把郡改為州，州置刺史。

❸先人壟在鼓城縣——祖先的墳墓在鼓城。

❹門施長戟——唐官階勳三品以上者，門前可立戟。

❺亦為縈繞——亦為樹根縈繞。參看第二段文，「樹根」二字，編註者擅加，以求文氣之通順。古文常沒有主詞。非無，實有，而離本句甚遠。由此可見。

八十、裴談

裴談為懷州刺史❶。有樵者入太行山，見山穴開，有黃金焉，可數間屋。樵者喜，入穴取金。得五鋌。皆長尺餘。因以石窒穴，且志之。又數日往，則迷其處。

樵者頗諳山谷，即於落城懷州造開石物鎚鑿數車。州有崔司戶，知而助之，將往開。而談妻有疾。請道家奏章請命。奏章道士忽傳天帝詔曰：「帝詔語裴談，吾太行山天藏開，比有樵夫見之。吾已遺金五鋌，命其閉塞，而愚人貪得，重求不獲，乃興惡將開吾藏。已造鎚鑿數車，若開不休，或中吾伏藏，此若開鎚鑿，此州人且死盡，深無所益。此州崔司戶與其同心，但詰崔驗之，自當有見急止之，汝妻疾自當瘳矣。」

談大異之，即召崔子問故，果符所言。乃沒其開石具，而禁止之。妻尋有間❷。

校志

一、本文據《太平廣記》卷四百暨商務《舊小說》卷六《記聞》校錄，予以分段，並加註標點符號。

二、裴談兩唐書均有傳，據說：當時，唐中宗怕后韋氏，民間歌謠云：「迴波爾時栲栳，怕婦也是大好，外邊祇有裴談，內裏無過李老。」李老：指中宗。

註釋

❶懷州刺史——懷州屬河南省，兩河及晉為河內郡。北魏改為懷州，隋、唐因之。轄八縣。

❷有間——言病少差也，病有起色。

八十一、牛氏僮

牛肅曾祖大父，皆葬河內，出家童二戶守之。

開元二十八年，家僮以男小安，質於裴氏，齒牙為疾，晝臥廄中，若有告之者曰：「小安，汝何不起？但取仙人杖根煮湯含之，可以愈疾，何忍焉。」小安驚顧，不見人而又寢。未久，告之如初。安曰：「此豈神告我乎。」乃行求仙人杖，得大叢，掘其根，根轉壯大，入地三尺。忽得大磚，有銘焉，揭磚已下，有銅鉢㪷，於其中盡黃金鋌，丹砂雜（雜字原空闕，據明鈔本補）其中。安不知書，既藏金，則以磚銘示村人楊之侃，留銘示人，而不告之。銘曰：「磚下黃金五百兩，至開元二十八年五月十八日，有下賊胡人年二十二姓史者得之，澤州城北二十五里白浮圖之南，亦二十五里，有金五百兩，亦此人得之。」

諸人暨見銘，道路諠聞於裴氏子，問小安，且諱，執鞭之，終不言。於是拷訊，萬端不對，拘而閉諸室。

會有畫工來訪小安，市丹砂焉，裴氏子問之，畫工具言其得金所以。又曰：「吾昨於人處，用錢一百，市砂一斤，砂既精好，故來更市。」張氏益信得金，召小安，以畫工示之。安曰：「掘得銘後，下得數金丹砂，今無遺矣。」

金寶不得，則又加垂笞治之，卒不言，夜中亡去。會裴氏蒼頭，自太原赴河內，遇小安於澤州，小安邀至市，酒飲酣招去，意者小安便取澤之金乎，及蒼頭至裴言之，方悟。

校志

一、本文據《太平廣記》卷四百校錄。

八十二、宇文進

夏縣令宇文泰猶子❶進，嘗於田間得一崐崙子❷。洗拭之，乃黃金也。因寶持之。財貨充溢，家族繁昌。後一夕失之，而產業耗敗矣。

校志

一、本文據《太平廣記》卷四百校錄

註釋

❶猶子——姪子。

❷崐崙子——飲器。酒杯之類。

八十三、水珠

大安國寺，睿宗❶為相王時舊邸也。即尊位，乃建道場焉，王嘗施一寶珠，令鎮常住庫，云直億萬，寺僧納之櫃中，殊不為貴也。

開元十年，寺僧造功德❷，開櫃閱寶物，將貨之見函封曰：「此珠直億萬。」僧共開之，狀如片石，赤色，夜則微光，光高數寸。寺僧議曰：「此凡物耳何得直億萬也？」試賣之，於是市中令一僧監賣，且試其酬直。

居數日，貴人或有問者。及觀之，則曰：「此凡石耳，瓦礫不殊，何妄索直？」皆嗤笑而去，僧亦恥之。

十日後，或有問者，知其夜光，或酬價數千，價益重矣。月餘，有西域胡人閱寺求寶。見珠，大喜，偕頂戴於首。胡人貴者也，使譯問曰：「珠價值幾何。」僧曰：「一億萬。」胡人撫弄遲迴去。明日又至，譯謂僧曰：「珠價誠值億萬，然胡客久，今有四千萬，求市可乎？」僧喜，與之謁寺主，寺主許諾，明日納銀四千萬貫。市之而去，仍開僧曰：「有虧珠價誠多，不貽責也。」僧問胡從何而來，而此珠復何能也。

胡人曰：「吾大食國人也，王貞觀初通好來貢此珠後，吾國常念之，募有得之者，當授相位。求之七八十歲，今幸得之。此水珠也，每軍行休時，掘地二尺，埋珠於其中，水泉立出，可給數千人，故軍行常不乏水。」亡珠後，行軍，每苦渴乏。僧不信，胡人命掘土藏珠。有頃泉湧，其色清泠，流汎而出。僧取飲之，方悟靈異。胡人乃持珠去，不知所之。

校志

一、本文據《太平廣記》卷四百二暨商務《舊小說》卷六《紀聞》校錄，予以分段，並加註標點符號。

註釋

❶睿宗——名旦，在位僅二年。

❷功德——功業與德行，造功德、作法事。

八十四、資州龍

韋皐鎮蜀末年❶，資州❷獻一龍。身長丈餘，鱗甲俱具，皐以木匣貯之。蟠屈於內。時屬亢日，置於大慈寺殿上。百姓皆傳。縱觀二三日。為香煙薰死，國史闕書。是何祥也？

校志

一、本篇據《廣記》卷四萬二十二校錄。

二、韋皐是宰相張延賞之女壻。韋寄食岳家，時延賞任劍南節度使。甚不看重。其夫人，苗太師晉卿之女，識人，給予盤川外出發展。後韋郎出將入相，且封王。當時人誇云：「宣父從周又適秦，昔賢誰少出風塵，當時甚訝張延賞，不識韋皐是貴人。」

註釋

❶韋皋鎮蜀末年——韋皋、兩唐書均有傳，歷任劍南節度使、太尉、兼中書令，封南康王。

❷資州——今四川簡陽縣東北之地。

八十五、黿齧虎❶

天寶七載❷，宣城❸郡江中黿出，虎搏之。黿齧虎二瘡，虎怒，拔黿之首。而虎瘡甚，亦死。

校志

一、本文據《太平廣記》卷四百二十七校錄。

二、本文過短，不是傳奇—是志怪。

註釋

❶黿鼉虎——黿、大龜。鼉、噬也。

❷天寶七載——天寶唐玄宗年號，共十四年，七載當西元七四八年。

❸宣城——安徽省蕪湖縣東南之地。

八十六、牛

唐先天中❶，有田父牧牛嵩山而失其牛，求之不得。忽見山穴開，中有錢馬，不知其數。田父入穴，負十千而歸。到家又往取之，迷不知道。逢一人謂曰：「汝所失牛，其直幾耶？」田父曰：「十千。」人曰：「汝牛為山神所將❷。已付汝牛價。何為妄尋？」言畢，不知所在。田父乃悟，遂歸焉。

校志

一、本文據《太平廣記》卷四百三十四校錄。

二、唐先天中，「唐」字《廣記》編者所加。

註釋

❶先天——唐玄宗年號，只一年，當西元七一二年。

❷山神所將——山神所取，將去。

八十七、張寓言

山人張寓言素有道術。博學多才。常寓居於朝士家。其宅大且凶。主人移出，寓言出飲，甚醉而還。不知其家已出，遂寢於堂廡下。

夜半後頗醒。豎告之，寓言懼。時夜昏黑，乃有引其架上書者，寓言自暗窺之，乃鬼也，集於書架之旁。

寓言計將擊之，因起。寓言多力，先叱之，鬼稱革。寓言毆之，而踏其喉就地。又擊之，因絕聲大叫云：「吾擒得鬼！」

守者遂以火至，乃一獮猴也。被擊已死，方知誤焉。

先是一沐猴不知何來，每夜入人家偷竊。及寓言以為鬼而殺之，一里無患矣。

校志

一、本文據《太平廣記》卷四百四十六校錄。

八十八、沈東美

唐沈東美為員外郎。家有青衣，死且數歲。忽還家曰：「吾死為神。今憶主母，故來相見。但吾饑，請一餐可乎？」

因命之坐。乃為具食。青衣醉飽而去。

及暮，僮發草積下，得一狐大醉。須臾，狐乃吐其食。盡婢之食也。乃殺之。

校志

一、本文據《太平廣記》卷四百四十八校錄。

二、「唐沈東美」，「唐」字係《廣記》編者後加。

八十九、葉法善

道士葉法善，括蒼人，有道術，能符禁鬼神，唐中宗甚重之。開元初，供奉在內，位至金紫光祿大夫鴻臚卿❶。

時有名族得江外一宰，將乘舟赴任，於東門外親朋盛筵以待之，宰令妻子與親故車先往胥溪水濱。日暮，宰至舟旁，饌已陳設，而妻子不至。宰復至宅尋之，云：「去矣。」宰驚，不知所以，復出城，問行人，人曰：「適食時，見一波羅門僧，執幡花前導，有數乘車隨之，比出城門，車內婦女皆下，從婆羅門，齊聲稱佛，因而北去矣。」

宰遂尋車跡至北邙虛墓間，有大冢，見其車馬皆憩其傍，其妻與親表婦二十餘人皆從一僧，合掌繞冢，口稱佛名。

宰呼之皆有怒色，宰前擒之。婦人遂罵曰：「吾正逐聖者，今在天堂，汝何小人，敢此抑遏。」

至於奴僕與言皆不應亦相與繞冢而行。宰因執胡僧，遂失。於是縛其妻及諸婦人，亦諠叫，至第竟夕號呼，不可與言。

宰遲明問於葉師。師曰：「此天狐也，能與天通，斥之則已，殺之不可，然此狐齋時必至，請與俱來。」

宰曰：「諾。」葉師仍與之符，令置所居門。既置符，妻及諸人皆寤，謂宰曰：「吾昨見佛來，領諸聖衆，將我等至天堂，其中樂不可言。佛執花前後，吾等方隨後作法事，忽見汝至，吾故罵，不知乃是魅惑也。」

齋時，婆羅門果至，即門乞食。妻及諸婦人聞僧聲，爭走出門，喧言佛又來矣。宰禁之不可。乃執胡僧，鞭之見血。面縛舁之。往葉師所。道遇洛陽令，僧大叫稱冤，洛陽令反咎宰。宰具言其故，仍語與俱見葉師，洛陽令不信宰言，强與之去。

漸至聖眞觀，僧神色慘沮不言。及門即請命。及入院，葉師命解其縛，猶胡僧也。師曰：「速復汝形。」魅即哀請。師曰：「不可。」魅乃棄袈裟於地，即老狐也。師命鞭之百，還其袈裟，復爲婆羅門，約令去千里之外。胡僧頂禮而去，出門遂亡。

校志

一、本文據《太平廣記》卷四四八暨商務《舊小說》卷六《紀聞》校錄，予以分段，並加註標點符號。

二、狐仙狸精之說，皆起於唐朝，《太平廣記》，述狐仙者甚多，讀者可參考。

註釋

❶鴻臚卿——唐中央官府：三省（中書、尚書、門下），一台（御史台，九寺、四監（國子、將作，都水、少府）十六衛。鴻臚寺掌管賓客及凶儀之事，卿的地位階是從三品。

九十、鄭宏之

唐定州刺史鄭宏之，解褐❶為尉。尉之廨宅，久無人居。房宇頹毀，草蔓荒涼。宏之至官，薙草修屋，就居之。吏人固爭，請宏之無入。

宏之曰：「行正直，何懼妖鬼？吾性强禦，終不可移。」

居二日，夜中，宏之獨臥前堂，堂下明火，有貴人從百餘騎，來至庭下。怒曰：「何人唐突，敢居於此。」命牽下。

宏之不答。

牽者至堂，不敢近。宏之乃起。

貴人命一長人，令取宏之。長人昇階，循牆而走，吹滅諸燈，燈皆盡。唯寢之前一燈存焉。長人前欲滅之。宏之仗劍擊長人，流血灑地。長人乃走，貴人漸來逼。

宏之具衣冠，請與同坐，言談通宵，情甚款洽，宏之知其無備，拔劍擊之，貴人傷，左右扶之，遽言：「王今見損，如何。」乃引去。

既而宏之命役徒百人尋其血至北垣下有小穴方寸，血入其中，宏之命掘之入地一丈，得狐大小數十頭，宏之盡執之，穴下又掘丈餘，得大窟，有老狐裸而無毛，據土牀坐，諸狐侍之者十餘頭，宏之盡拘之。

老狐言曰：「無害予，予祐汝。」

宏之命積薪堂下，火作，投諸狐盡焚之。次及老狐，狐乃搏頰請曰：「吾已千歲，能與天通，殺予不祥，捨我何害？」宏之乃不殺鎖之庭槐。

初夜中有諸神鬼自稱山林川澤叢祠之神來謁之，再拜言曰：「不知大王罹禍乃爾，雖欲脫王，而苦無計。」老狐頷之。明夜，又諸社鬼朝之，亦如山神之言。後夜有神，自稱黃撅，多將翼從至狐所。言曰：「大兄何忽如此？」因手攬鏁鏁為之絕，狐亦化為人，相與去，宏之走追之，不及矣。

宏之以為黃撅之名，乃狗號也。此中誰有狗名黃撅者乎？既曙，乃召胥吏問之。吏曰：「縣倉有狗老矣，不知所至，以其無尾，故鄉為黃撅。豈此犬為妖乎？」宏之命取之。既至，鏁繫，將就烹。犬人言曰：「吾實黃撅神也，君勿害我，我常隨君，君有善惡，皆預告君，豈不美歟？」宏之屛人與語，乃釋之，犬化為人，與宏之言夜久方去。

宏之掌寇盜，忽有劫賊數十人入界，止逆旅。黃撅神來告宏之曰：「某處有盜，將行劫。

擒之可遷官。」宏之掩之。果得遂遷秩焉，後宏之累任將遷，神必預告，至如殃咎，常令迴避，罔有不中，宏之大獲其報，宏之自寧州刺史改定州，神與宏之訣去，以是人謂宏之祿盡矣。宏之至州兩歲。風疾去官。

校志

一、本文據《太平廣記》卷四四九暨商務《舊小說》卷六《紀聞》校錄，予以分段，並加註標點符號。

二、此文不通之處甚多，如「堂下再大，不過縣尉官廨，何能容納百餘騎？」「老狐被執，山林川澤叢祠之神竟來認拜，為何不助他脫鎖，而要一狗妖來解救？」等等。或謂此文實誤植。不無可能。

註釋

❶解褐——進士中式後，再由吏部試以「體、言、書、判。」及格後，進士們乃可脫下庶人的褐衣，換上官服，初任大都是縣尉。有如今日各部會的荐任科員。

九十一、田氏子

唐牛肅有從舅，常過澠池❶，因至西北三十里，謁田氏子，去田氏莊十餘里，經岅險，多櫟❷林，傳云中有魅狐，往來經之者，皆結侶乃敢過。

舅既至，田氏子命老豎❸往澠池市酒饌。天未明豎行，日暮不至。田氏子怪之，及至，豎一足又跛。問何故，豎曰：「適至櫟林，為一魅狐所絆，因蹶而仆，故傷焉。」

問：「何以見魅？」豎曰：「適下坡時，狐變為婦人，遽來追我。我驚且走，狐又疾行，遂為所及。因倒，且損。吾恐魅之為怪，強起擊之，婦人口但哀祈，反謂我為狐，屢云叩頭野狐，叩頭野狐，吾以其不是實，因與痛擊，故免其禍。」

田氏子曰：「汝無擊人妄謂狐耶？」

豎曰：「吾苦擊之，終不改婦人狀耳。」

田氏子曰：「汝必誤損他人，且入戶。」

日入，見婦人體傷，蓬首過門而求飲，謂田氏子曰：「吾適櫟林逢一老狐變為人，吾不知是狐，前趨為伴，同過櫟林，不知老狐卻傷我如此，賴老狐去，餘命得全，妾北村人也，渴故求飲。」

田氏子恐其見蒼頭❹也，與之飲而遣之。

校志

一、本文據《太平廣記》卷四五。暨商務《舊小說》卷六《紀聞》校錄，予以分段，並加註標點符號。

註釋

❶常遇澠池——「常」，在此是「嘗」的意思。「曾經」，而非「常常」。澠池，在今河南省宜陽縣西。

❷櫟——音ㄌㄧˋ。落葉喬木，葉披針形，先端尖，緣有鋸齒。

❸老豎——老僕人。

❹蒼頭——僕人，指老豎。

九十二、靳守貞

霍邑❶，古呂州也，城池甚固，縣令宅東北，有城，面各百步，其高三丈，厚七八尺。名曰：「因周厲王城。」則左傳所稱「萬人不忍，流王於彘❷。」城即霍邑也，王崩，因葬城之北，城既久遠，則有魅狐居之，或官吏家，或百姓子女姿色者，夜中狐斷其髮，有如刀截，所遇無知，往往而有。

唐時，邑人靳守貞者，素善符呪，為縣送徒至趙城，還歸至金狗鼻，（傍汾河山名）去縣五里，見汾河西岸水濱，有女紅裳，浣衣水次，守眞目之，女子忽爾乘空過河，遂緣嶺躡虛，至守貞所。手攀其笠，足踏其帶，將取其髮焉。守貞送徒，手猶持斧，因擊女子墜，從而斫之，女子死，則為雌狐，守貞以狐至縣，具列其由，縣令不之信。

守貞歸，遂每夜有老父及媼繞其居哭，從索其女。守貞不懼。月餘，老父及媼罵而去曰：「無狀殺我女，吾猶有三女，終當困汝。」於是遂絕，而截髮亦亡。

校志

一、本文據《太平廣記》卷四百五十校錄。

註釋

❶霍邑——今山西霍縣左近地。

❷彘——音ㄓˋ，地名，今山西霍邑縣東北。

九十三、袁嘉祚

唐寧王傅❶袁嘉祚，年五十。應制授垣縣縣丞❷，闕素凶❸，為者盡死，嘉祚到官，而丞宅數任無人居，屋宇摧殘，荊棘充塞，嘉祚剪其荊棘，理其牆垣，坐廳事中，邑老吏人皆懼，勸出不可。

既而魅夜中為怪，嘉祚不動。伺其所入，明日掘之，得狐。狐老矣。兼子孫數十頭。嘉祚盡烹之，次至老狐。狐乃言曰：「吾神能通天，預知休咎。願置我，我能益於人。今此宅已安，捨我何害？」

嘉祚前與之言，備告其官秩，又曰：「願為耳目長在左右。」乃免狐。後祚如狐言，秩滿果遷。數年至御史，狐乃去。

校志

一、本文據《太平廣記》卷四五一暨商務《舊小說》卷六《紀聞》校錄。

二、「唐寧王」，「唐」字係《廣記》編者後加。

註釋

❶寧王傅——王傅，教寧王的老師。

❷應制授垣縣縣丞——唐時進士科或明經科等及格，如同今日大學畢業，有了學士學位。若再參加皇帝不定期的制考，制科的名堂極多，若考取，便好似學士再得到了碩士學位，可升官。進士多從縣尉起用。制科便可由縣丞進身了。垣縣——今山西絳縣東南之地。

❸闕素凶——闕、官位，與缺同，我們說「肥缺」表示有大利可圖的官位。凶闕，有危險的官缺。

九十四、宣州江

宣州鵲頭鎮，天寶七載，江水盛漲，漫三十里，吳俗善泅，皆入水接柴木，江中流一材下，長十餘丈，泅者往觀之，乃大蛇也。其色黃。為水所浮，中江而下。泅者懼而退。蛇遂開口銜之。泅者正攩蛇口、舉其頭，去水數尺，泅者猶大呼請救。觀者莫敢救焉。

校志

一、本文據《太平廣記》卷四百五十七校錄。

九十五、杜暐

殿中侍御史❶杜暐嘗使嶺外，至康州❷，驛騎思止（止原作上，據明鈔本改）。「白日，請避毒物。」於是見大蛇截道南出，長數丈，玄武❸遂追之。道南有大松樹，蛇昇高枝盤繞，垂頭下視玄武。玄武自樹下仰其鼻，鼻中出兩道碧煙，直衝蛇頭。蛇遂裂而死，墜於樹下。

又見蜈蚣大如箏（箏字原空闕，據明鈔本補）。牛肅曾以其事問康州司馬狄公。狄公曰：「昔天寶四載，廣府因海潮，漂一蜈蚣死，剖其一爪，則得肉百二十斤。至廣州市，有人籠盛兩頭蛇，集人衆中言，汝識二首蛇乎。汝見二首蛇，則其首並出，吾今異于是，首尾各一頭。欲見之乎，市人請見之，乃出其蛇。蛇長二尺，頭在首尾。

市人伶者，常以弄蛇為業。每執諸蛇，不避毒害。見兩頭蛇，則以手執之。蛇螫其手，伶者言痛，棄蛇於地。加藥焉，不愈，其嚙處腫，遂浸淫，俄而遍身。伶者死，身遂洪大，其骨肉皆化為水，身如貯水囊。有頃水潰，遂化盡，人與兩頭蛇失所在。

校志

一、本文據《太平廣記》四百五十七校錄。

註釋

❶殿中侍御史——唐中央政府三省九寺外，有御史台，御史大夫，御史中丞之下，又設三院。殿院有殿中侍御史六人，官階從七品下，掌殿廷供奉之儀式。

❷康州——未悉何地。

❸玄武——龜。

九十六、元庭堅

唐翰林學士陳王友❶元庭堅者，昔罷遂州參軍❷，於州界居山讀書。忽有人身而鳥首，來造庭堅，衣冠甚偉。衆鳥隨之數千。而言曰：「吾衆鳥之王也，聞君子好音律，故來見君。」因留數夕。教庭堅音律清濁，文字音義，兼教之以百鳥語。如是來往歲餘，庭堅由是曉音律，善文字。當時莫及。陰陽術數，無不通達。在翰林撰「韻英」十卷，未施行，而西京❸陷胡。庭堅亦卒焉。

校志

一、本文據《太平廣記》卷四六暨商務《舊小說一紀聞》校錄予以分段，並加註標點符號。

二、「唐」字係《廣記》編者後加上者。

註釋

❶陳王友——王友、親王府中的官名。

❷昔罷遂州參軍——元庭堅在任陳王友之前，曾任遂州的參軍官。

❸西京——唐時所稱西京有五，1.開元時，以河南府為西京。2.至德間，以鳳翔府為西京。3.天寶初，以長安為西京。4.南詔以羊苴咩城為西京。5.渤海國以鴨綠府為西京。

九十七、羅州

羅州山中多孔雀，群飛者數十為偶。雌者尾短，無金翠，雄者生三年，有小尾，五年成大尾。始春而生，三四月後，復凋，與花萼相榮衰。然自喜其尾，而甚妬。凡欲山棲，必先擇有置尾之地，然後止焉。南人生捕者，候甚雨往擒之，尾霑而重，不能高翔。人雖至，且愛其尾，恐人所傷，不復騫翔也。雖馴養頗久，見美婦人好衣裳，與童子絲服者，必逐而啄之。芳時媚景，聞管絃笙歌，必舒張翅尾，眄睇而舞，若有意焉。山谷夷民，烹而食之，味如鵝，解百毒。人食其肉，飲藥不能愈病，其血與其首，解大毒。南人得其卵，使雞伏之，即成。其腳稍屈。其鳴若曰都護。土人取其尾者，持刀於叢篁可隱之處自蔽。伺過，急斷其尾，若不即斷，迴首一顧，金翠無復光彩。

校志

一、本文據《太平廣記》卷四六一暨商務《舊小說》卷六《紀聞》校錄，並加註標點符號。

二、此文近於博物志，不像傳奇。

九十八、王軒

盧肇住在京南海。見從事王軒有孔雀。一日，奴告曰：「蛇盤孔雀，且毒死矣。」軒令救之。其走卒笑而不救。軒怒，卒云：「蛇與孔雀偶❶。」

校志

一、本文據《太平廣記》卷四百六十一校錄。

註釋

❶蛇與孔雀偶——偶，交配也，事實是：蛇吃動物，先予絞死，或先予毒死，而後吞之，走卒之語，純屬推諉之詞。

九十九、張氏

濮州❶刺史李會璋妻張，牛肅之姨也。開元二十年，卒於伊闕莊。張寢疾，有鳥止於庭樹。白首赤足，黃腹丹翅。其鳴但云：「懊恨也毋兮。」如是晝夜不絕聲。十餘日，張殂，鳥遂不見。

校志

一、本文據《太平廣記》卷四百六十三校錄。

註釋

❶濮州——今山東濮縣。

一百、王旻之

唐王旻之在牢山❶，使人告瑯琊❷太守許誡言曰：「貴部臨沂❸縣其沙村，有逆鱗魚。要之調藥物。（逆鱗魚，《仙經》云：「謂之肉芝。」故是欲以調藥也。）願與太守會於此。」誡言許之，則令其沙村設儲跱❹，以待太和先生。

先生既見誡言，誡言命漁者捕所求。

其沙村西有水焉，南北數北步，東西十丈。色黑至深，岸有神祠。鄉老言於誡言曰：「十年前，村中少年於水釣得一物，狀甚大，引之不出。於是下釣數十道，方引其首出。狀如猛獸。閉目，其大如車輪。村人謂其死也，以繩束縛，繞之樹。十人同引之，猛獸忽張目大震，聲若霹靂，近之震死者十餘人。因怖喪去精魂為患者二十人。猛獸還歸於水。乃建祠廟祈禱之。水旱必有應。若逆鱗魚，未之有也。」

誡言乃止。

校志

一、本文據《太平廣記》卷四百六十六校錄。

二、唐王旻之，「唐」字係《廣記》編者後加。

三、陳翰所編《異聞集》中載李公佐撰《古岳瀆經》一文，敘述楚州刺史李湯，因漁人釣於龜山下，釣因物所制，釣不出，湯命以五十頭牛曳之，結果，曳出一物似猿猴，雙眼睜開如電，觀者奔走，怪物徐徐將五十頭牛曳入水中。情節與本文有相似之處。

註釋

❶牢山——山東省膠州灣之勞山，亦作牢山。

❷瑯琊——今山東省諸城左近地。

❸臨沂——今山東臨沂縣。

❹設儲跱——謂預備器物也。

一百一、新羅

新羅國，東南與日本鄰，東與長人國接。長人身三丈，鋸牙鉤爪，不火食，逐禽獸而食之。時亦食人。裸其軀，黑毛覆之，其境限以連山數千里，中有山峽，固以鐵門，謂之鐵關。常使弓弩數千守之由是不過。

校志

一、本文據《太平廣記》卷四百八十一校錄。

二、今日世界進步，天崖比鄰。本文所述，純屬無稽之談。

三、另一文「新羅」，出自《西陽雜俎》段成式撰。商務《舊小說》將之歸入《紀聞》，不知是否正確，其原文如次。

新羅

天寶初，使贊善大夫魏曜使新羅，策立幼主，曜年老，深憚之，有客曾到新羅，因訪其行路。

客曰：「永徽中耕羅日本皆通好。遣使兼報之使人既達新羅將赴日本國海中遇風波濤大起。數十日不止。隨波漂流不知所居，忽風止波靜，至海岸邊，日方欲暮，時同志數船，乃維舟登岸，約百有餘人，岸高二三十丈，望見屋宇，爭往趨之，有長人出，長二丈，身具衣服，言語不通，見唐人至，大喜，於是遮擁令入宅中，以石填門而皆出去，俄有種類百餘，相隨而到，乃簡閱唐人膚體肥充者，得五十餘人，盡烹之，相與食噉兼出醇酒，同為宴樂，夜深皆醉，諸人因得至諸院後，院有婦人三十人，皆前後風漂，為所擄者，自言男子盡被食之，唯留婦人，使造衣服，汝等今乘其醉，何為不去，吾請道焉，眾悅，婦人出其練縷數百匹負之，然後取刀，盡斷醉者首，乃至海岸，岸高昏黑不可下，皆以帛繫身，自縋而下，諸人更相縋下，至水濱，皆得入船，及天曙船發，聞山頭叫聲，顧來處，已有千餘矣，絡繹下山，須臾至岸，既不及船，虓吼振騰，使者及婦人並得還。

一百二、許誠言

許誠言為瑯邪❶太守。有囚縊死獄中。乃執去年修獄典❷鞭之。修獄典曰：「小人主修獄耳，如牆垣不固，狴牢❸破壞，賊自中出，猶以修治日月久，可矜免。況囚自縊而死，修獄典何罪？」誠言猶怒曰：「汝胥吏❹，舉動自合笞，又何訴？」

校志

一、本文據《太平廣記》卷四百九十四校錄，予以分段，並加註標點符號。

註釋

❶琊邪——又作瑯琊，今山東諸城縣左近地。

❷修獄典——典，典其事者，即修理監獄者。

❸狴牢——狴，音ㄅㄧˋ，謂狴犴。「龍生九子，四曰狴犴，形似虎，有威力，故立於獄門。」故牢獄稱「狴獄」。

❹胥吏——官署中辦庶事的小官。沒有品階的小吏。

一百三、杜豐

齊州歷城縣❶令杜豐，開元十五年，東封泰山，豐供頓，乃造棺器三十枚，寘❷行宮，諸官以為不可。

豐曰：「車駕今過，六宮偕行。忽暴死者，求棺如何可得？若事不預備，其悔可追乎？」及置頓使❸入行宮，見棺木陳於幕下，光彩赫然❹。驚而出。謂刺史曰：「聖主封嶽，祈福祚延長。此棺器者，誰之所造？且將何施？何不祥之甚？」將奏聞。

刺史會求豐，豐逃於妻臥床下，詐稱賜死。其家哭之。賴妻之張搏為御史，解之，乃得已。

豐子鐘，時為兗州參軍。都督令掌廄馬芻豆，鍾曰：「御馬至多，隔日煮粟，恐不可給，不如先辦」，乃以鑊煮粟豆二千餘石，納了窖中，乘其熱封之。及供頓取之，皆臭敗矣！乃走，猶懼不免，命從者市半夏半斤，和羊肉煮而食之，取死。藥竟不能為患而愈肥。

時人者，「非此人，不生此子！」

校志

一、本文據《太平廣記》卷四百九十四校錄，予以分段，並加註標點符號。

註釋

❶齊州歷城縣——齊州、治即在今之山東歷城縣。

❷寘——置也。

❸置頓使——安置皇帝一行安頓食宿的前行官員。

❹光彩赫然——赫然、很明顯。很醒目。

一百四、修武縣民

開元二十九年❶二月，修武縣❷人嫁女，婿家迎婦車隨之。女之父懼村人之障車也，借駿馬令乘之。女之弟乘驢，從在車後百步外行。忽有二人出於軍中，一人牽馬，一人自後驅之走。其弟追之不及，遂白其父，父與親眷尋之，一夕不能得。

去女家一舍❸，村中有小學，時夜學，本徒多宿。淩晨啓戶，戶外有婦人，裸形斷舌。陰中血皆淋漓。

生問之，女啓齒流血，不能言。

生告其師，師出戶觀之，集諸生謂曰：「吾聞夫子曰，水石之怪夔魍魎，木之怪龍罔象。士之怪墳羊，吾此居近太行，怪物所生也，將非山精野魅乎，盍擊之。」

於是投以甎瓦石。女既斷舌，不能言，諸生擊之竟死。

及明，乃非魅也，俄而女家尋求至而見之，乃執儒及弟子詣縣。

縣丞盧峯訊之，實殺焉。乃白於郡，笞儒生及弟子死者三人。而劫竟不得。

校志

一、本文據《太平廣記》卷四九四及商務《舊小說》卷六《紀聞》校錄。

註解

❶開元二十九年——西元七四一年。

❷修武縣——今河南省修武縣。

❸一舍——一舍為三十里。

一百五、李元皛❶

李元皛為沂州刺史❷，怒司功❸郗承明，命劾之屏外❹。

承明狡猾者也，既出屏，適會博士劉琮璉後至，將入衙，承明以琮璉儒者，則前執而劾之。紿曰：「太守怒汝衙遲。使我領人取汝，令便劾將來。」琮璉以為然，遂解衣。

承明目吏卒推廣擒琮璉以入，承明乃逃。

元皛見劾至，不知是琮璉也，遂杖之數十焉。

琮璉起謝曰：「蒙恩賜杖，請示罪名。」元皛知為承明所賣，竟無言，遂入戶。

校志

一、本文據商務《舊小說》卷六《紀聞》校錄。

二、本文《廣記本戴》。

註釋

❶李元皛——皛、ㄒㄠˇ，顯也。白也。

❷沂州刺史——沂州、當今之山東省。唐地方政府採州、縣二級。州之長官為刺史。縣之長官為縣令。

❸司功——唐郡有司功參軍軍官吏，簡稱司功。掌官園，祭祀，禮樂，學校、選舉、表蹟、臣巫、考課、喪葬等事。

❹剝之屏外——要把司功在屏風外剝去衣裳。

一百六、武德縣田叟

武德縣酒封村田叟，日晚，將往河內❶府南視女家禮事，出村，有二人隨之，與叟言，謂曰：「吾往河南府北，喜翁相隨。」及至路，而二人不肯去。叟視之非凡，乃下驢謂之曰：「吾與汝非舊相識，在途相逢，吾觀汝指顧，非吉人也，汝姑行，吾從此南出，汝隨吾，吾有返而已，不能偕矣。」二人曰：「慕老父德，故此陪隨，如不願俱，請從此逝，翁何怒也？」方酬答，適會田叟鄰舍子自東來，問叟何為，叟具以告，鄰舍子告二人。「老父不願與君俱可東去，從老父南行，君何須相絆也？」二人曰：「諾。」因東去，叟遂南。鄰舍子亦西。鄰舍子還到家未幾，聞父老家驚叫，鄰舍子問之，叟男曰：「父往女家，計今適到。而所乘驢乃卻來，何謂也？」

鄰舍子乃告以田叟逢二人狀，因與叟男尋之，至與二人言處，叟死溝中，而衣服甚完無損傷。乃知二人取叟之鬼也。

校志

一、本文據商務《舊小說》卷六《紀聞》校錄，予以分段，並加註標點符號。

二、括弧中字係編者所加，以求文筆之順暢。

三、本文未載於《廣記》

註釋

❶河內——今河南沁陽，武德與之鄰近。

一百七、楊生

晉大和中❶，廣陵❷人楊生者，畜一犬，憐惜甚至，常以自隨，後生飲醉，臥於荒草之中，時方冬燎原，風勢極盛，犬乃周匝嘷吠，生都不覺，犬乃到水自濡❸，還即臥於草上，如此數四，周旋跬步❹，草皆沾濕，火至免焚。

爾後，生因暗行墮井，犬又嗥吠，至曉，有人經過，路人怪其如是，因就視之，見生在焉，遂求出己，許以厚報，其人欲請此犬為酬，生曰，此狗曾活我於已死，即不依命，餘可任君所須也，路人遲疑未答，犬乃引領視井，生知其意，乃許焉，既而出之，繫之而去，後五日，犬夜走還。

校志

一、本文據商務《舊小說》卷六《紀聞》校錄，予以分段，並加註標點符號。

二、本文《太平廣記》未載。

註釋

❶晉大和中——大和，一作太和，海西公年號，共五年，西元三六六至三七〇年。

❷廣陵——今楊州。

❸到水自濡——犬到水邊浸得一身水淋淋。

❹周旋跬步——在四周走來走去，跬步，半步，使草地沾濕。

秀威經典　　語言文學類　PG2283　新視野64

教你讀唐代傳奇
——紀聞

作　　者／劉　瑛
責任編輯／杜國維
圖文排版／莊皓云
封面設計／王嵩賀

出版策劃／秀威經典
發 行 人／宋政坤
法律顧問／毛國樑　律師
印製發行／秀威資訊科技股份有限公司
114台北市內湖區瑞光路76巷65號1樓
電話：+886-2-2796-3638　傳真：+886-2-2796-1377
http://www.showwe.com.tw
劃撥帳號／19563868　戶名：秀威資訊科技股份有限公司
讀者服務信箱：service@showwe.com.tw
展售門市／國家書店（松江門市）
104台北市中山區松江路209號1樓
電話：+886-2-2518-0207　傳真：+886-2-2518-0778
網路訂購／秀威網路書店：https://store.showwe.tw
國家網路書店：https://www.govbooks.com.tw

2019年11月　BOD一版
定價：340元

國家圖書館出版品預行編目

教你讀唐代傳奇：紀聞 / 劉瑛著. -- 一版. --
臺北市：秀威經典, 2019.11
面；　公分. -- (語言文學類；PG2283)(新視野；64)
BOD版
ISBN 978-986-98273-1-7(平裝)

857.241　　108015981

讀者回函卡

感謝您購買本書，為提升服務品質，請填妥以下資料，將讀者回函卡直接寄回或傳真本公司，收到您的寶貴意見後，我們會收藏記錄及檢討，謝謝！如您需要了解本公司最新出版書目、購書優惠或企劃活動，歡迎您上網查詢或下載相關資料：http:// www.showwe.com.tw

您購買的書名：________________________________

出生日期：________年________月________日

學歷：□高中（含）以下　□大專　□研究所（含）以上

職業：□製造業　□金融業　□資訊業　□軍警　□傳播業　□自由業

□服務業　□公務員　□教職　□學生　□家管　□其它_____

購書地點：□網路書店　□實體書店　□書展　□郵購　□贈閱　□其他

您從何得知本書的消息？

□網路書店　□實體書店　□網路搜尋　□電子報　□書訊　□雜誌

□傳播媒體　□親友推薦　□網站推薦　□部落格　□其他__________

您對本書的評價：（請填代號　1.非常滿意　2.滿意　3.尚可　4.再改進）

封面設計____　版面編排____　內容____　文／譯筆____　價格____

讀完書後您覺得：

□很有收穫　□有收穫　□收穫不多　□沒收穫

對我們的建議：________________________________

____

____

____

請貼
郵票

11466
台北市內湖區瑞光路 76 巷 65 號 1 樓

秀威資訊科技股份有限公司 收

BOD 數位出版事業部

....

（請沿線對折寄回，謝謝！）

姓　　名：________________　年齡：________　性別：□女　□男

郵遞區號：□□□□□

地　　址：____

聯絡電話：(日)________________　(夜)________________

E-mail：____